歡迎來到奇異餐廳

1

園藝師的禮物

金玟廷

莫莉／譯

目次

序

即使夜已深，街邊的路燈仍將道路照得如白晝，其實以鄉間小路來說，這樣的路燈數量已經過多，村莊的村民多次向市廳要求拓寬街道、設置交通號誌，希望政府的人能振興村莊的公共設施發展。不過市廳的人卻認為，裝設路燈就代表盡了市鎮開發的本分，充耳不聞村民的抗議。因此在希亞居住的期間，村莊的一草一木不曾有過變化，只不過她也不會繼續住在這裡了……

希亞呆望著車窗外，坐在副駕駛座的母親，小心翼翼地窺探孩子的臉色，希亞察覺到母親的不安，暗自在心底後悔自己是不是反應過大。可是當她想到父母未詢問過她的意願就突然搬家，依然感到一陣氣憤，再加上搬家的日期就是今天，讓她更加無法接受。

希亞閉著嘴不說一句話，母親嘆了口氣，緩緩說道：

「希亞，妳還在生氣嗎？媽媽相信妳一定很快就能適應都市的生活，而且妳也已經十六歲了，該是多交些朋友、認真讀書的年紀。窩在這個四處只有路燈的村莊裡，對妳未來的發展沒有幫助的。」

希亞聽得出來，母親語氣格外謹慎，就連每個字詞的選用都是為了不讓希亞生氣或難受，她輕輕嘆了口氣。

「嗯，媽媽的話也有道理。」

其實自己對於這個村莊也沒有太多留戀之處，只是會想念村莊後面，那一整片寬廣又翠綠的森林……

「的確有道理……」

希亞小聲呢喃，她看起來相當不情願，不過內心對於新生活的好奇與期待油然而生，母親看到希亞已不再生氣鬆了一口氣。

「我猜妳會很想念村莊後方那片森林，剛才在整理行李前特別去摘了幾朵花。妳看，漂亮吧？這是鳳仙花，不是有這種說法嗎？如果把鳳仙花的漿液塗在指甲上，在那年初雪前都不褪色的話，願望就能實現。」

希亞轉向母親，心想母親難道要已經十六歲的人相信這種小孩子的童言童語嗎？還是母親的內心依然擁有少女情懷？母親仍一臉欣喜地瞧著花看呀看，希亞看見母親比自己更加少女的一面，不自覺也笑了。

「媽媽，現在學校都不讓學生塗指甲油了，所以不行啦。」

母親聞言，嘴角向下垂，然後轉頭望向窗外。

「還是把花瓶拿過來呢？既然沒辦法當成指甲油，那我想把花插進花瓶裡，妳爸爸正在整理最後的行李，我過去看一下有沒有花瓶。希亞，妳在這等我。」

母親隨即拿著鳳仙花走下車，希亞看著母親跑回舊家的身影發呆，用不了多久，她忍受不住過度安靜的空氣，打開車窗透透氣。她將頭探出車外，望向那片熟悉的森林，她不是個注重儀式感的人，不過還是想道別。

「銀杏樹、櫸樹、松木，還有……貓咪？」

當她一一數著每棵樹木時，瞥見一隻貓咪，一雙好比明月的圓潤大眼睛直視著她，一邊的瞳孔為紫色，另一邊為金色，她被異色瞳的貓咪深深吸引，兩雙眼睛就這樣對望著。

他們動也不動地對望了好一陣子，貓咪一身漆黑毛色，在月光下折射出銀色的波線，看著貓咪的希亞，心中的好奇逐漸膨脹。

「那隻貓咪是從哪裡來的？會有貓咪的眼睛一邊是紫色，一邊是金色嗎？」

按捺不住好奇心的她，下了車想要一探究竟，她深怕貓咪會因為自己的動作而嚇跑，盡可能地緩緩移動。不過貓咪一看到她下車，轉眼就消失在森林中，希亞看到貓咪不見了，著急地東張西望，卻見不著牠的身影，畢竟要在漆黑的夜裡尋找一隻黑貓，豈是簡單。

過了幾分鐘，希亞正打算放棄尋找黑貓時。「喵」一聲響起，她趕緊望向聲音的來處，果然看到黑貓正盯著她。

「什麼嘛？你在耍我嗎？」

被挑起勝負欲的希亞，斜睨著黑貓，黑貓卻一派輕鬆地直視希亞。希亞覺得黑貓盯著自己的眼神，有種說不出來的奇妙感受。那隻帶有神秘異色瞳的貓咪，現在在想些什麼？為什麼會在這裡？牠又是從哪裡來的？這隻貓咪格外奇特，神秘莫測，似乎帶著不尋常的秘密。

眼見希亞直盯著自己，黑貓開始有些無聊，輕柔移動了身子，這次比起前一次更加緩慢，就像為了配合希亞的速度般，牠一步一步走進森林中，希亞見貓咪再次離開自己的視線，趕緊跟了上去。

走在前方的貓咪，停在一棵比貨櫃車還要巨大的拱木前，希亞站在黑貓身後，她無從得知黑貓臉上的神情，說不定黑貓正思索著下一步要怎麼做。片刻後，黑貓忽地轉頭望向希亞，用那對神秘的紫色與金黃色的瞳孔看著她，然後縮起身子，擺出將要從高處一躍而下的姿勢。

希亞這才看清楚眼前為一處寬廣的黑洞，洞口旁盤踞著長年的樹根，讓人很難一眼就看出這裡有處洞穴，黑貓叫了一聲，就像在預告希亞的下一步，爾後俯身跳進漆黑之中。

然後，所有事物像高速轉動的萬花筒般飛逝於眼前，希亞無從得知那天自己為什麼這麼大膽，或許她認為那是自己能跟森林道別的最後機會，才不顧一切地走進蓊鬱的林中。但她很快就明白，自己的世界在跟著黑貓跳進洞口的那一刻已經徹底改變。

「呃啊啊啊啊啊啊啊！」

希亞不知道這口洞有多深，並且通往哪裡，她只能放聲尖叫。不過她不感到恐懼，反而很享受這個「過程」，希亞大聲尖叫著，以高速穿越洞穴，此時她還開心地想著，現在自己所經歷的一切與《愛麗絲夢遊仙境》如出一轍。

不過她卻愚笨地忽略了一個事實。

「最後愛麗絲後悔了當初跳入兔子洞的舉動。」

1

愛麗絲的洞窟

下墜許久之後，希亞的腳終於感受到一處堅硬的地面，一直處於尖叫狀態的她，這才找回因失速墜落而喪失的知覺，她的眼前出現一名二十歲出頭的男子，他看著不知所措的希亞，面露微笑。

「妳沒受傷吧？」

希亞看向不久前把自己送到這裡的洞穴，男子卻一派輕鬆，不為所動，希亞還處在驚恐之中，糊里糊塗的。

「這、這是怎麼一回事……？」

希亞無法理解剛才自己經歷了什麼事，男子稍顯不耐煩。

「兔子洞作為不同場所間的通道是非常適宜的工具，《愛麗絲夢遊仙境》不也出現過嗎？」

男子看著希亞，說著讓人摸不著頭緒的話語，希亞仍然無法理解自己的處境，明明跟著一頭黑貓跳進洞窟，現在出現在眼前的卻是一個正常不過的男子，然後還問著自己有沒有受傷。

再者，這名男子說不上「正常」，他的外型獨特，削剪俐落的短髮上戴著一頂西洋紳士們參加舞會時所配戴的紳士帽，頸上繫著端正乾淨的黑色領結，身穿一套深色燕尾服，一手握著細長的拐杖。

希亞望向這名男子，他戴著做工精緻的單片鏡，眼神透露不凡魅力，彷彿只要盯著對方，就能使人震懾在地，而他的瞳孔一邊為紫色，一邊為金黃色，閃爍著猶如寶石的透亮光芒，希亞直盯著那雙異色瞳，猛然想起這雙眼睛與那隻黑貓雷同。

「你……該不會是剛才那隻黑貓？」

希亞語畢後，意識到自己說的話非常不符合邏輯，男子輕輕揚起嘴角。

看著希亞如冰山般僵直在原地，男子帶著嘲諷的口吻說道：

「差不多是那樣沒錯，若是要將人類帶往這裡，需要暫時變身為動物才行。」

希亞因男子的回答更加難以置信，不過這名男子把自己帶來此處是不爭的事實。

「請稱呼我為路易就好。」

男子似乎不在意希亞是否能接受眼前的情況，他從從容容地介紹自己後，將手伸向她。

「請跟我過來。」

男子再度請求希亞跟著他去某處，他的手勢優雅無比，希亞卻睜大著眼問：

「如果我不要呢？」

希亞說著毫無攻擊力道的拒絕，路易沒有收回他優雅的手勢。

「那將是無用的反抗，將人類強行帶往這裡，對我來說是再簡單不過的事情，所以我才沒有用繩子綑綁妳，再加上……」

路易平靜地回答她，希亞緊張到髮尾都往上翹起。

「無論妳想逃去哪裡，我都會找到妳，就像剛才我找到妳一樣。即使妳能短暫躲過我，那也僅是一時，妳在這裡逃跑的話，只會迷失在這個世界。因此我認為，當妳還有機會選擇時，乖乖聽話是妳最好的選擇。」

路易直視希亞的雙眼，用眼神示意自己絕對擁有制伏逃跑之人的能力，希亞提不起勇氣挑戰眼前這個男人，畢竟她只是個十六歲的少女。

「我的父母會到處找我。」

希亞想起自己的父母在發現空蕩蕩的車子後，一定會到處找她。不過路易仍面無表情。

「妳們世界的時間概念與這裡不同，他們要發現妳失蹤並開始找妳時，這裡已經過了好幾年。」

雖然希亞很難相信這種說法，不過路易語氣堅定，神情依然，她感到一陣虛脫，腦子逐漸空白。

「你要帶我去哪裡？」

她顫抖著唇無力問道。路易露出難以言喻的笑容。

「相信妳直接用雙眼確認是最快的方法。」

「……如果我不相信你，怎麼辦？」

希亞開口，說出最後一句掙扎。

從兔子洞跳進另一個世界、被這個奇怪的男人綁架等等，這一切都像是即將入睡時所聽到的殘酷搖籃曲，她多希望這一切只是一場夢。

「妳轉身看看。」路易笑著。

希亞已經沒有抗拒的心力，聽話轉頭望去。然後隨即被身後驚人的風景嚇得說不出話，呆愣在原地，喔！天啊！

蓊鬱錯雜的樹林後，坐落一座如夢似幻的平靜湖泊，湖水透出湛藍如玉的色澤，那抹藍晶瑩剔透，讓人光看都像是靈魂被洗淨般。湖水的另一邊有著盛開的櫻花樹，湖邊縈繞著螢火蟲們，朦朧飛躍著幾點閃爍光源，整座風景和諧似畫。一座由石磚砌成的大橋跨越湖面，通往一處庭園，橋面因螢火蟲照亮得燈火通明，上面還有許多「生物」正來回移動著。

驚奇的不僅如此，庭園所包圍的那個地方，宛若另一個世界，錯落許多各式各樣的房屋。沿著翡翠色的籬笆往上，複雜的階梯纏繞連接著奇妙的建築物們，房屋間透著微弱的燈光，照亮階梯上許多生物忙碌竄動的模樣，階梯旁自由風格的建築物間還不停冒出水蒸氣。

這些建築的工法雖然怪異奇特，但卻是希亞看過的房屋中最為吸引人的，建築物外觀漆上嫩紫、橙黃、赭紅、蔚綠等大膽用色，鮮豔得就像遊樂園般熱鬧，每間房屋的屋頂更是畫上華麗的花紋，城裡的燈光也繁華忙碌，金色、紅色、藍色、綠色，將整座城市照得燈火通明。雖然距離遙遠難以辨明，不過的確有許多生物在裡頭快速移動著。

看著藍綠色的湖泊與橋後的庭園和建築物們，希亞意識到自己也是這幅驚奇又迷人的畫作中的一角，她不得不相信路易所說的話。

「歡迎來到妖怪餐廳。」

宛如在夢境中含糊的夢話，現在成了希亞的現實……

「這裡是妖怪們為了遠離人類，而建造的島嶼。」

路易站在望著眼前場景出神的希亞旁。

「湖泊旁那建築物就是餐廳，那是妖怪島上最頂級的餐廳，所有的妖怪畢生都渴望能親身蒞臨那座餐廳。」

希亞尚無法將視線自建築物上轉移，一句話也說不出來，雖然路易所說的話更加天馬行空了，不過眼前的場景已經告訴她其真實性，她看著眼前絕美如夢的風景，決定不再執著於否定現實。

「那我們走吧。」

路易認為已經給希亞足夠的時間觀賞風景，現在該是加緊腳步的時候了，他推了下希亞的背，希亞也慢慢地移動身子。

不過當她走近湖泊時，差點被眼前的場景嚇得腿軟。

那座橋，那座由螢火蟲的燈光點亮的橋墩上，奇形怪狀的生物們穿梭在石磚之間。有用雙腳行走的未知動物；還有臉上戴著面具，細長的身軀由雪白色毛髮覆蓋，在空中漂浮前進的妖怪；還有挺著大肚，雙眼突出的鬼怪；更有全身白皙透明的幽靈。那些在希亞的世界裡，只有電影裡才會出現的妖魔鬼怪竟然在自己的眼前出現。

被這幅盛況嚇得臉色蒼白的希亞，害怕地湊近路易的耳邊。

「路、路易，這些是什麼？」

路易漫不經心地說道：

「連接餐廳的石橋有著魔法結界的功能，當不是來訪餐廳的客人或是外部的入侵者想要靠近餐廳時就會無法通過。」

雖然路易如實說明了，不過他卻完全誤會希亞的問題，希亞並不是好奇橋墩的用意，而是吃驚在上頭行走的生物。

「他們……是妖怪嗎？」

無奈之下，希亞說出了連自己都詫異的詞彙，路易依然絲毫不在意地回答：

「沒錯，我不是說過，這裡是妖怪之島，而這間妖怪島上的餐廳裡，當然都是妖怪。」

路易冷靜回答完之後，彷彿已不想再受理更多的問題，他挽著希亞僵硬的手臂，將她推往橋面。在路易的強烈動作下，她也不得不繼續前進。橋墩其實距離甚短，不過希亞的時間比起任何時候都要緩慢流逝，一分一秒就像一個小時般漫長。

每當希亞踏出一步皆需要極大的勇氣，她深怕會碰觸到妖怪，因此繃緊神經，同時也收起自己的好奇心，盡可能地不與任何妖怪對眼，她只看著地面往前走。

下了橋後，情況沒有改變，妖怪仍在她身邊穿梭，而他們離目的地還有一段距離，希亞因為全身緊繃，寸步難行，而在一旁的路易不知為何著急得不斷看著手錶，略顯焦慮，希亞依舊不知道路易要帶她去何方，只能一股腦地跟著他去。

下了橋後他們走向庭園，寬廣的庭園被櫻花木包圍，淡雅的花香飄逸在空中，櫻花將天空與地面渲染成粉嫩櫻色，幾片花瓣隨風而去，湖面上也漂浮著花片，隨著月色的照耀，一切是那樣奇幻又美麗。

在櫻花與星辰點綴的夜空下，希亞走在錯綜複雜的階梯上，一旁的玻璃窗帶著不規則的形狀，窗裡透出高級餐廳的內部裝潢，能聽見談話的聲音與別緻的古典音樂流瀉而出，似乎也能聽見水晶酒杯交錯的清脆聲響。

希亞緊跟在路易身後，她聽見門窗縫隙間傳來杯盤碰撞之音，還有刀具劃開食物與盤底摩擦出的尖銳聲，階梯變得愈來愈窄，兩側窗戶內的景色轉為料理室的一隅，蜿蜒而上的煙囪們冒著陣陣白煙。

踏上狹窄的階梯與曲折的道路，感覺就像走在巷弄間，偶然能瞥見身旁的料理室出現各種驚奇鮮豔的色彩，不過眼前的路易絲毫沒有要停下的意思，希亞也不敢多做停留，緊緊地跟在身後。

穿越料理室後，階梯不時會出現岔路，繞來繞去。但路易明確知道自己該去的方向，總是毫不猶豫地往前走去。

不知時間過了多久，希亞的腿開始發軟顫抖，此時兩側的風景已經轉變為截然不同的景色，繁亮如辰星的氣派城堡出現在階梯周遭，每座建築都那般高聳入雲，希亞看著眼前驚奇萬分的風景張大了嘴巴。而路易也不再繼續往上攀行，而是走進了其中一座華麗的城堡。

走進城堡，其華麗的程度，讓人瞠目結舌。水晶吊燈撒下璀璨的黃金光點，地板上鋪設著紅色地毯，鬆軟得彷彿隨時能入睡。每座牆面由不同的色調組成，玫瑰粉、曦雪白，以及像是夜晚星空的黑色交織，每道牆隱約透出金黃光芒，還鑲上寶石點綴，輝映出宇宙星辰。

牆面上吊掛著精緻畫作與肖像畫，流露出古典高雅的氣氛，整座城堡處處擺放藝術品，就連難以注意的角落也有著細膩巧思，倘若不是像現在這般荒誕的遭遇，希亞願意一輩子盡情探索這座城堡的藝術氣息。

不過希亞望見了使她驚恐的東西，那是她生平第一次見到的「食物」，妖怪們進進出出，忙碌地將那些「食物」裝進碗盤中，希亞張大嘴，發出驚呼，路易仍不在意驚愕萬分的希亞，埋頭繼續走。

「路易，那些都是什麼……？」

希亞承受不住內心的恐懼，顫抖著嘴角。在她面前的淨是些畢生未見的事物，她無法用好奇心說服自己接納這突如其來的震撼。

她指著妖怪正拿在手上的盤子，盤內裝著一隻剛烤出爐的蜥蜴，上頭冒著白煙，甚至撒上血紅色的醬汁。

「我不是告訴過妳，這裡是妖怪餐廳，妖怪吃的食物都是那種類型，人類別碰比較好。」

希亞首次打從心底同意路易的話。

路易看到希亞聽話的模樣，露出神秘的微笑。

「不單只是因為這些食物的外型，而是人類真的不能吃進這些食物，人類一旦吃上一口這裡的食物，就會痛苦致死。」

「……會死嗎？」

「沒錯。」路易輕輕點了頭。

「當人類的舌頭觸碰到妖怪食物的那刻，劇毒會瞬間擴散，人類的心臟會急速腐蝕，最後心臟將被黴菌侵蝕到一乾二淨。」

希亞感到不寒而慄，嚥了下口水。

餐廳雖然外表富麗堂皇，卻暗中蘊含許多危險，伺機覬覦著無知的人落入陷阱之中。

希亞還沒來得及仔細思考那驚悚的食物與這個世界的面貌，路易已經用希亞難以跟上的速度快步往前走去，他們穿過石磚大橋、攀上階梯，不停穿梭在複雜的走廊間，直往著某個地方而去。每當經過有護衛看守的走廊時，路易會湊近他們的耳邊，用難以聽見的耳語交換幾句，然後又不停往上爬。

走了許久，似乎抵達了目的地，路易與希亞站在某道房門前。房間外門比起其他的門來得高大壯麗，整座門毫無縫隙地鑲滿寶石與黃金，路易不加思索打開大門，希亞累得步履蹣跚，緩緩跟在身後，走向那等候她多時的危機。

寬敞華麗的房間如同一座宴會廳，金箔裝飾而成的牆面上，鑲嵌紅寶石與藍寶石等晶透亮的珠寶礦石，一幀幀看似貴族的肖像畫，歪七扭八地抓著牆面的一角，挑高的天花板遙不見底，如天際般又高又遠。

房裡的一處，管絃樂隊演奏著高尚風雅的古典樂曲，長相怪奇的妖怪們看得出來經過精心打扮，或聚集或走動，似乎正享受著一場派對，一旁餐桌上擺滿了奇異的妖怪食物。

路易拉著希亞穿越人群，快速走向房間深處，希亞的雙腿疲憊不堪，不過現在的她如悲劇中的女主角，為了不讓自己無力倒下，用盡最後一絲力氣撐起身體。

他終於停下腳步，佇立於一座高大、鑲滿華麗寶石的座椅前，椅子上坐著一頭體型壯碩的動物（無法確定那是否真的為動物）。整座宴會廳也察覺兩人的到訪，逐漸安靜。

那頭生物像是熊與鼠的交合產物，毛色混濁，斑駁如舊，整張臉與身子像已經活過好幾百年似的布滿皺紋，叫人連看一眼都感到噁心的醜陋面貌。他的身邊站滿隨侍，一個個努力地上下搖動扇子替他搧風，另一旁的侍從不斷往杯中注入光看就知道價值不斐的高級葡萄酒液。

路易靠近那頭面露凶光的動物，微微頷首示意，希亞望著那頭醜陋無比的動物，久久無法鎮定。

「稟告哈頓大人，在下完成任務將人帶來了。」

路易語畢轉頭望向希亞，此話一出，整座宴會廳驟然鴉雀無聲，所有人的視線集中在希亞身上，希亞感受到全場異樣的注視，連一根手指都不敢動。

哈頓上下打量著希亞，當希亞看向哈頓的雙眼時，她的背脊瞬間被寒氣貼上，全身的細胞皆吶喊著要她趕緊逃跑，希亞腦子一片空白，她在心中苦苦哀求，希望這群怪奇的觀眾們能將注意力放往他處。

不久，哈頓舉起手在空中揮舞幾下，做出幾個費解的手勢，旁邊一頭妖怪看著哈頓的手勢開始說話，貌似是奇怪手語的翻譯官。

「妳是人類嗎？如果是人類，那妳幾歲？」

「啊？我今年十六歲……」

聽見希亞回答的哈頓，雙眼瞳孔瞬間放大，張大著顫抖的唇肉，雙唇間還巴著濃稠的絲狀液體，嚇得希亞別過頭去，無法直視那噁心的唾液，哈頓無視她的反感，繼續揮舞著手。

「十六歲，不過年幼、不至衰老，正是恰到好處的年紀，這個年紀的心臟新鮮健康，可口有彈性。」

希亞聽到此話一出，陷入混亂，翻譯官帶著神秘的微笑繼續說：

「恭喜妳，妳將光榮地交出自己的生命，獻給這間妖怪餐廳的主人——哈頓大人。哈頓大人得了一種需要食用人類心臟才能治癒的病……」

翻譯官笑得比剛才更加陰沉。

「馬上獻出妳的心臟，治療哈頓大人吧。」

希亞感到一陣暈眩，眼前覆上一匹黑紗，什麼也看不見，只聽得到心臟猶如鼓聲般大力跳動於耳，不斷加快。她心想是不是聽錯了，或是有什麼誤會，強烈否定自己所聽到的字眼。

「……不可能，別想騙我。」

希亞祈禱著這一切只不過是場惱人的惡作劇，她以哀求的眼神盯著翻譯官，心臟發了瘋似的鼓譟著。

不過翻譯官的回答，卻直接澆熄了希亞最後一絲飄渺的希望。

「抱歉，我們在這種時候是不會說謊的。」

翻譯官的嘴角不帶一絲溫度地往上勾，他嘲諷的語氣讓人聯想到路易。

——路易！天哪，我就那樣聽了他的話自願來到這裡，剛才應該要逃跑才對。

希亞極力搖著頭，她已經毫無選擇，不過更不想束手就擒地被奪去心臟。

「我、我不願意，我才不想死。」

她激動得無法控制自己，近乎沙啞的尖叫聲迴盪在宴會廳，翻譯官見狀溫柔地說道：

「這無關妳的意願，哈頓大人需要妳的心臟。」

——太誇張了，不可能！

她的世界再度陷入黑暗，臉色蒼白如即將斷氣之人。不，她正是即將斷氣死去之人，哈頓的手快速伸向她，為了挖取她的心臟，張大著手掌滑去。那隻骯髒又毛髮稀疏的手看起來像是地獄使者的爪牙，朝著她飛去，一取性命。

希亞全身冒出冷汗，哈頓尖銳的爪子已經來到與她一個手掌的距離，她的心臟像是隨時迸跳出嘴巴般的緊張，希亞著急地左顧右盼，可是周圍僅有奇怪的妖怪與詭異的食物，沒有能逃出去的通道，希亞奮力眨了眨眼，試圖讓自己清醒點。

——我得趕緊想出辦法。

此時的她，需要像《鱉主簿傳》裡的兔子般機智才能脫身。

——對了，食物！

希亞瞪大雙眼，身上的寒毛一陣戰慄。

她在哈頓的手襲來前，拔腿跑向擺滿妖怪食物的桌邊，拿起一盤滑溜溜的眼球，她喘得上氣不接下氣，絲毫沒有空檔思考自己當下的行為，在那一瞬間做出了一個大膽的決定。

「我知道人類一旦吃了妖怪的食物，心臟就會瞬間腐蝕，如果你還要我這顆心臟就收回你的手！」

她擺出勇猛的樣子在宴會廳中大吼，即便顫抖的聲音透露出她的不安。她沒有猶豫的時間，將盤子靠近嘴巴。

「你再靠近我，我就把這些全吃下肚。」

哈頓聞言，停下動作，宴會廳的空氣瞬間凝結。

希亞將妖怪的食物放在嘴邊，哈頓此時雙眼冒火，怒不可遏，緊張的對峙氣氛圍繞著兩人，哈頓全身漲紅，像座噴發在即的火山。

他用比剛才更加激動的手勢，使勁比劃。被希亞突如其來的舉動，嚇得吃驚的翻譯官，這才回過神，趕緊說道：

「妳若吃了那些食物也只有死路一條，那選擇將心臟獻給哈頓大人，不是更光榮的死法嗎？」

希亞搖搖頭。

「我不在乎你們怎麼想，不過我對於死在那頭妖怪的嘴裡，一點都不覺得光榮。比起讓他用爪子挖出我的心臟，我寧願承受心臟腐蝕之死。」

在場的所有人無不驚愕，事實上，連希亞也對於方才的一番話感到訝異，看來自己被逼到盡頭時，也已經開始胡言亂語了。她的雙腿不停發顫，好像下一秒就會失去平衡，呼吸變得急促不已，胸口的起伏劇烈至肌肉開始抽痛。

此時希亞轉頭看著手中的盤子，那些眼球們一個個直盯著希亞，有些還眨了下眼皮，當她與這些眼球們對視的瞬間，她感覺全身毛髮豎起，彷彿不是她要吃進這些眼球，而是眼球們會撲上來分食她的骨肉。她一點也不想張開口將這種噁心的食物倒進嘴裡，但更不想死在哈頓骯髒的爪子下。

結論簡單明瞭，希亞一點都不想死。

「求求你們……」

她蒼白乾裂的嘴唇發出孱弱的聲音，哀切地看著哈頓。

「請不要殺我，我一點也不想死，一定有除了吃人類心臟以外的治療方法。」

雖然希亞懇切地為自己岌岌可危的性命求情，不過翻譯官卻不見一絲動搖。

「很抱歉，據我所知，目前唯一治療的方法就只有人類的心臟。」

「那讓我去找出其他的治療方法吧！」

希亞毫不猶豫地高喊，為了能讓自己活下去，什麼方法她都願意嘗試。

「請再給我一點時間，我會找到你的解藥。」

哈頓不發一語，眼珠緩緩轉動，如果他強行奪取希亞的心臟，那麼希亞就會採取激進的手段，讓這顆好不容易得手的心臟化為泡沫。再者，根據妖怪世界的法則，唯一能來回進出人類世界的路易，需要隔一段時間後才能再次出發，倘若等到路易再帶全新的人類回來，那時候自己的病可能已經惡化，甚至會到雙手無法使用的程度。那不如在這段期間內，讓這個少女尋找解藥，也是個可行的方法。

不久後，哈頓再度揮舞著手。

翻譯官專注看著其手勢，然後開口。

「假如妳失敗的話……到時候妳願意向哈頓大人獻出心臟，而不是吃下妖怪的食物嗎？」

希亞難以輕易回答，翻譯官冰冷的眼神暗示著她的未來，自己的眼前只有兩條路，一條是現在迎向死亡；一條是掙到些許時間尋覓能讓自己逃過一死的解藥。

片刻後，希亞看向哈頓，那頭妖怪仍像隨時會生吞活剝自己似的巴望著她，她一點也不想死在他的爪子下，即便毫無把握也充滿恐懼，不過她沒有其他的選擇。

「我答應你。」

少女的聲音堅定有力，她的一句話引起宴會廳裡的圍觀者一陣騷動。哈頓隨即揮動手勢，房裡的人再度屏息。翻譯官說：

「很好，那我給妳一個月的時間，但是有一個條件，就是妳要替餐廳工作。」

「餐廳的工作？可是我要去找解藥……」

即使希亞鼓起勇氣提出抗議，翻譯官仍冷酷地打斷她的話。

「哈頓大人不想要妳無所事事地待在這裡，妳必須做完餐廳的工作，然後尋找解藥。如果妳用尋找解藥的藉口，怠慢了餐廳的工作，那麼妳的心臟就會是哈頓大人的囊中之物。」翻譯官接續說：

「如果妳同意這個條件，那麼哈頓大人將接受妳的提議。」

希亞再度感到一陣無力，她該怎麼兼顧餐廳的工作，並尋找至今都沒有人能找到的解藥呢？希亞開口想為自己辯解幾句，翻譯官卻直接打斷她的念頭。

「我再次聲明，妳必須同意這個條件，哈頓大人才會接受妳的提議。妳同意嗎？」

全場的視線落到希亞身上，哈頓露出邪佞的笑容，盯著眼前的好戲，希亞原先的恐懼轉化為憤怒。

——好啊，都以為我找不到嗎？

反正她已經別無選擇，抬起頭狠狠地瞪向哈頓。

「我接受這個條件。」

希亞同意後，哈頓隨即開始動作，他的手勢比起原本的來得更加激昂劇烈，整個軀體都在晃動，看起來氣喘吁吁。

不用多久，希亞發現他的手勢並非向剛才一樣在說話，而是利用揮動捲起一陣風，風的外圍甚至吹動了她的髮絲。在空中愈漸強烈的風，形成一條長如山脈，透明清晰的手臂。

希亞還反應不過來時，翻譯官開口：

「妳同意了哈頓大人的條件，請在湯姆的手臂上用手指簽名，這將視為契約書。」

——湯姆的手臂？

雖然這條手臂長得獵奇無比，不過其名字卻格外平易近人。她靠向那條手臂，上頭寫滿了密密麻麻的名字，她找了處空白，用指尖寫下姓名。名字發著白光，就這樣刻印在手臂的皮膚上，哈頓坐在椅子上，眼神發出微微的閃光，翻譯官也面露微笑。

「契約簽署完畢。」

翻譯官語落的瞬間，湯姆的手散為氤氳，凝聚成風，衝向希亞的臉龐，颳起她的髮絲後而去。

不待希亞有說話的機會，翻譯官隨即說道：

「看來要事都已經完成，我會讓城堡的總管莫里波夫人帶妳下去，莫里波夫人？」

翻譯官朝向妖怪們點了點頭，有一位應當為莫里波夫人的女子，自群眾內走出，希亞看到莫里波夫人時，驚訝地張大了嘴。

莫里波夫人的頸上擁有兩張臉，前方是洋溢著笑容的臉，而在應該要是覆蓋頭髮的後側卻是張厭煩的嘴臉。

她將後方厭煩的嘴臉輪轉至前方，收起了那張快樂的表情。

「哼，好久沒有參加派對，原本打算開心享受一番的，結果被一個人類小女孩搗亂。」

雖然她只是嘴上小聲地嘟噥幾句，不過在原本就安靜的宴會廳裡，任何一點聲音皆被放大得一清二楚。莫里波夫人絲毫不在乎她的抱怨被眾人聽見，徑直走向希亞，並朝哈頓鞠躬示意，然後抬起頭望向翻譯官，她似乎很不滿翻譯官給她的差事，只是敷衍地點了一下頭。她轉向斜睨著希亞，用眼角囑咐她跟著自己來，然後就頭也不回地走向大門。

希亞跟著莫里波夫人走出宴會廳，努力拽著顫抖的雙腿跟上她，莫里波夫人一點也不想親切地向希亞介紹環境，這個小女孩破壞了自己參加派對的大好興致，哪有道理要對她笑呵呵。

不過就在此時，莫里波夫人突然笑了起來，一直維持著冷酷無情面貌的她，忽然停下腳步，換上後方的笑臉，哈哈大笑著。

「裘德！」

希亞被那溫暖的嗓音嚇了一跳，她抬起頭想一探究竟是誰能讓那位冷峻的女人，在一瞬間洋溢幸福。視線的彼方，希亞望見一名少年，他似乎與希亞年紀相仿，有張清秀、可愛的臉龐。

他帶著一頭淺明近乎金髮的明亮棕髮，雙眼是清澈圓潤的褐色瞳孔，散發男孩特有的稚氣與調皮，少年乍看與人類神似，只不過頭上長了兩隻突出的犄角。

莫里波夫人高喊著少年的名字，不過少年像是沒聽見似，不斷走著。就在希亞想著或許莫里波夫人是在叫其他人時，莫里波夫人已經走至少年身邊，用力抓住少年的褐色頭髮，此時她的臉又變回那張厭煩生氣的表情。

「啊，呃啊！好痛，放手！」

少年被冷不防的痛楚感到驚嚇不已，揮舞著手試圖擺脫莫里波夫人，可是莫里波夫人卻更用力抓著少年的頭髮。

「你這傢伙！竟然敢裝作聽不見我說的話？你要我去跟雅歌告狀嗎？」

少年惶恐地轉動著眼珠。

「什麼？」

他圓潤的雙眼，隨即被淚水浸濕，哭喪著臉對莫里波夫人說：

「夫人，妳太過分了！妳明知道雅歌會怎麼處罰我！」

莫里波夫人不情願地鬆開手。

「既然這樣就要乖乖聽我的話啊，你只要不鬧事，雅歌也不會對你怎麼樣。對了，我有事情要告訴你。」

仍然一臉不開心的裘德癟著嘴，莫里波夫人不等他回應，逕自說下去。

「餐廳裡消息總是傳得特別快，你應該早就知道了吧？哈頓大人跟一個人類女孩簽了契約，她就是那個孩子。」

原本噘著嘴的裘德，一聽到關鍵字，立即瞪大眼睛盯著希亞看，希亞被突如其來的視線嚇得只敢看著地板。

「她就是那個人類？看起來好瘦弱。」

希亞對於裘德的最後一句話暗自皺起了眉頭，莫里波夫人聳聳肩。

「裘德，所以我打算讓你帶著她去做事。」

「可惡，我就知道妳要使喚我，早知道我就裝聾作啞到底……」

裘德不開心地抱怨了幾句，莫里波夫人見狀瞪了他一下，裘德隨即當作什麼事都沒發生似，對著夫人笑著。

莫里波夫人輕嘆了一口氣，但她收起對裘德的脾氣，朝著希亞說道：

「人類，妳在這兒的期間，就待在雅歌的地下室。我想來想去，這裡能夠接納妳的人也只有雅歌了。」

莫里波夫人指著一旁的裘德。

「他是裘德，是幫雅歌的忙，並在她的地下室過活的孩子。」莫里波夫人又看著裘德。

「裘德，你帶她去雅歌的地下室吧。」

「雅歌是誰？」

希亞終於開口提問，若是要跟自己待上一個月的人，勢必要先了解雅歌究竟是誰。

莫里波夫人停頓片刻。

「她是住在這座城堡最底層的老女巫。」

「女巫？」

面對希亞吃驚的反應，莫里波夫人只是點點頭。

「她精通所有魔法與藥物的製作方法。」

莫里波夫人不想一一回答人類的問題，獨自說道：

「她是這間大型餐廳裡最頂尖的女巫。不僅如此，外面的世界幾乎也找不到能跟雅歌相提並論的女巫，如果妳待在她底下工作，應該對尋找哈頓大人的解藥有一些幫助。」

當莫里波夫人想向希亞滔滔不絕地講述跟雅歌住的好處時，裘德卻小聲說：

「哪會有幫助……當初說哈頓大人要吃人類心臟才會痊癒的人，就是雅歌。她們兩個人會合得來嗎？」

裘德突然吐出這麼一句話，讓莫里波夫人尷尬不已。她故意不將這個事實說出口，就是怕希亞不願意跟雅歌一同生活。她偷偷觀察希亞的臉色，不過希亞一句話也沒說，更正確地來說是一句話也說不出口。

莫里波夫人誤以為希亞毫不在乎這樣的因果關係，放下了心中的大石。

「那去地下室前先去我的房間，不是，是去管理室一趟，畢竟要在這裡生活一個月，妳去拿點衣服跟生活用品。」

夫人用眼神嚴厲地囑咐著裘德。

「裘德，你也一起過來，她一個人要拿那些東西太多了。去完管理室後就直接帶她去地下室。」

裘德表情雖然不甚開心，卻也不再反駁。三個人終於結束對談，前往管理室。希亞仍出了神，一言不發地跟在莫里波夫人後頭，腦海裡不斷想著剛才裘德所說的話，即將要和自己共住一個月的人，就是告訴哈頓要吃人類心臟的罪魁禍首。

莫里波夫人帶著希亞和裘德走向管理室，沿著翡翠色的籬笆蜿蜒繞行，階梯上螢火蟲通透的光點與櫻花花瓣點綴著整座夜空，他們隨著莫里波夫人走下熙熙攘攘的階梯，不久後隨即來到一處格外靜謐的走廊。

此處沒有額外的裝飾，整座走廊只漆上了潔白的油墨，比起剛才看到的那些空間來得純樸淡雅，莫里波夫人像列只會前行的火車，一連經過了好幾道房門，最後停在尾端一座乾淨的房間前，希亞與裘德喘呼呼跟在後面，三人佇立於一道純白的房門，上頭細小的字標示著「管理室」。

莫里波夫人深鎖著眉間，慌亂找著鑰匙，翻遍了自己身上的口袋，最後她翻到一根前端有著四角模樣的金銅色鑰匙後塞進鑰匙孔，房間似乎已經等候一行人多時，輕快地一下就被開啟。

希亞一眼就看出了房間主人的個性，首先整座房間非常乾淨整齊，如同一間辦公室，沒有一處髒汙，也找不到一點粉塵積累。再來，所有的物品皆為四方形，從房間的牆壁至中央唯一一道窗戶的形狀，以及能容納莫里波夫人的椅子、書桌，還有堆疊如山的文件、電腦、鍵盤、電話，房間裡所有的東西皆是四方形。

稜角分明的房間全然展現出莫里波夫人的個性，她走進房間內，拿起書桌上四方框的眼鏡，然後拿起四方形的話筒，將原本笑著的臉龐收去後方，換上厭煩的表情，並撥了通電話。

「……我是管理人莫里波夫人，雖然您已經知道狀況了，今天湯姆不是仲介了一份契約嗎？我這裡還需要幾個茶壺，不、不，還要更多，好的……」
掛掉電話的莫里波夫人，朝著不敢擅自進門的兩人揮了揮手，讓他們進房間。
希亞不久前才跟著化身為貓咪的路易跑進森林，在妖怪的島裡跑上跑下，全身蓬頭垢面，因此不敢貿然踏進如此乾淨整齊的房間，不過當她看到裘德獲得許可後毫不猶豫就踏進屋子的身影，也緩緩跟在身後進去。莫里波夫人看了眼滿身灰塵的希亞，雖皺了眉頭卻沒多言。
希亞好不容易鼓起勇氣，問出心中的疑問。
「請問……湯姆是誰？」
這是她好奇多時的問題，在跟哈頓簽契約時，翻譯官說那隻是湯姆的手臂，而不久前莫里波夫人也在電話裡提到湯姆的名字，由此可知「湯姆」的重要性。
「……他算是負責哈頓和餐廳職員間簽訂契約的仲介。」
莫里波夫人似乎不願意多說，含糊地邊講邊打開了四方形的窗戶。即使希亞還是滿腹的疑問，但深怕會惹惱莫里波夫人，她只好緊抿著雙唇，將問題吞下肚。
「我準備一下妳會需要的東西，在這裡等一下，房間內的東西都不准動。」
莫里波夫人特意加重了最後一句話的力道，隨後走向一間倉庫，埋頭在裡面翻找，沒多久她就用一副心煩意亂的神色，將頭探出倉庫。

「氣死我了，要找到適合妳的衣服還真不簡單，怎麼會這麼瘦——」

希亞沒能聽完莫里波夫人的話，因為她的話語被上頭傳來的一陣巨大哭聲所掩蓋，要說哭聲有多大，那道哀號像是要衝破耳膜直達腦門似，希亞不得不摀緊耳朵。哭聲聽起來並非悲切刺骨，而像是孩童耍賴，用哭聲傾吐不滿的洩憤。

希亞極力摀著耳朵，驚恐地環顧四周，袞德被措手不及的哭聲嚇到，發出尖叫，而身在倉庫的莫里波夫人，雖看不到她的臉，不過想必也是緊皺著的面孔。

當哭聲停止時，希亞戰戰兢兢移開手，一雙眼珠掃描著四方，好不容易停止尖叫的袞德，意識到自己的糗態，難為情地聳了聳肩。此時的房間靜若死海。

「那是什麼聲音？」

莫里波夫人果不其然眉頭深鎖，咻一下出現在倉庫的縫隙間又消失。

「還能是什麼聲音？當然是樓上那個臭小孩又再哭了，動不動就哭，管理室都沒有安靜的一天。」

她講完話，緊瞪著天花板，彷彿那個小孩就在頂上胡鬧般。

「那個小孩是誰？」

希亞又再次提問，莫里波夫人壓抑不住心中的怒火，用腳踢開倉庫的門大吼。

「她是女巫莉迪亞。」

莫里波夫人推了眼鏡，簡單扼要地說明著。

「雅歌來到餐廳前，那個孩子是最厲害的女巫，餐廳的魔法配方跟藥物都是由她製作的。」

「不過有一天，雅歌來到了餐廳，說要來餐廳工作。然後她通過哈頓大人所下的試煉，證明自己是最厲害的女巫。」莫里波夫人講得飛快，滿心不悅地將倉庫的物品胡亂摺疊。

「雅歌真的是很優秀的女巫，相對地那個孩子……大概就像剛烘烤出爐的麵包旁的碎屑！像是富麗堂皇宮殿旁的茅屋、蝴蝶身邊的毛毛蟲、君王一旁的乞丐、一杯溫暖香濃牛奶旁的……」

「我懂了！所以結論是什麼？」

受不了的希亞打斷莫里波夫人的話，她怒瞪著希亞，一手拿著滿滿的東西走出倉庫，使勁將門關上發出驚天巨響。

「所以哈頓大人當然聘請了雅歌，把莉迪亞給解僱了。」

「可是他是不是又僱回那個小孩？不然她怎麼還在城堡……」

這次希亞並沒有開口問，而是自言自語。莫里波夫人聞言，將東西放在桌上後說道：

「怎麼可能，既然解僱就沒有回頭的餘地，要她離開都多久以前的事了。」

不知道是不是莫里波夫人心中的不滿已經積累太久，沒有人繼續發問，她仍接續說道：

「那個孩子鬧彆扭說自己除了這裡之外無處可去，硬是要賴待在這裡，然後每天在樓上苦苦央求讓自己在這裡工作，真是吵死人了。」

待莫里波夫人語畢，希亞和裘德對望了一眼，裘德或許已經有聽聞過，所以看起來不是太訝異，只不過剛才被哭聲嚇到仍心有餘悸。

此時莫里波夫人將手插在腰上，滿意地看著自己整理出來的物品。

「好，我相信這些應該夠了，妳拿去用吧，有需要再來找我。」

不過她又隨即補充。

「如果不是很緊急的狀況，可別來找我。妳也看得出來，我是個大忙人，要管理這一整間餐廳，是非常不容易的事。」

——既然很忙，那當初幹嘛去派對？

希亞內心嚷嚷著幾句不滿，可是她已經不想再占用莫里波夫人的時間，因此沉默地點點頭，並且收拾起桌上的物品，裘德也急忙幫她拿了些東西在手上，兩人尷尬地分著各自要拿的東西。

等他們收拾好後，莫里波夫人收起厭煩的臉，露出那張擁有大大微笑的表情。

「東西都拿好就趕快走吧，我還有很多事要忙。啊，對了，袞德！你要確實帶她到雅歌的地下室喔，不要闖禍。」

「是的，夫人。」

袞德雖然看似有些不情願，可是莫里波夫人沒有理會他的時間，她立即坐上椅子，在鍵盤上飛快敲打著。

希亞對著莫里波夫人，形式上點了一下頭，以表謝意，然後與袞德快步走出管理室，雙手拿滿生活備品。

當希亞與袞德邁步而出時，他們的身後又傳來一陣滔天哭聲，夾雜著莫里波夫人憤怒的咆哮，迴盪在走廊。

2

麵粉之房

從管理室走出來的兩人，依然尷尬生硬，就這樣走了好一陣子，彼此都在等對方率先開口說話，但沒有一個人真的提起勇氣，沉默安靜的空氣就這樣延續，兩人越過走廊又回到翡翠色籬笆所圍繞的階梯。

他們走下籬笆內愈來愈窄的階梯，希亞假裝忙著觀賞被朱紅色燈火照亮的建築物，兩側的建築物緊貼著階梯，綿延而建，看似繽紛撩亂的花紋與色塊，卻有著無形的和諧。從每座煙囪裡冒出的裊裊煙霧，也帶著各式顏色，沁入夜空、恣意飛舞。在月光與櫻花花瓣間，鼻尖還能嗅到食物的香氣並聽見廚房忙碌的聲響，讓希亞知道自己正走在廚房外頭。

她看著這些別具魅力的建築，她開始好奇自己將居住的地下室是否也有這般美麗的景色。然而，一想到雅歌，她便不自覺地嘆了長長一口氣。

——我能夠跟告訴哈頓要吃人類心臟的人好好相處嗎？

希亞心中擔心著，並且不停想起剛才在宴會廳的種種。

「咳咳。」

當希亞深陷苦惱時，一個突兀的聲響將她拉回現實，她看著裘德，那聲誇大的咳嗽聲很明顯是為了引起希亞的注意，裘德也張著眼直視希亞，彷彿已經受不了這無止盡的沉默。

「妳好。」他像是第一次見到希亞般地打招呼。

「你好。」希亞用微弱的聲音回答。

「我叫裘德，很高興見到妳！雖然莫里波夫人已經說過，我是在雅歌手下工作並跟她一起住的人，看來這個月妳會跟我們一起生活，那就好好相處吧。」

「我叫希亞。」

希亞回答得相當簡短，裘德笑起來時有一雙迷人的笑眼，他顯得比剛才多了幾分從容。

「妳多大？」

「十六歲。」

「跟我一樣大耶。」

少年眨著咖啡色的雙眼，他稚嫩的笑容讓希亞稍微放鬆了一直緊繃的神經。

「不過我們晚點再去找雅歌，現在要先完成她交付的工作。」

此話讓希亞不禁在心底歡呼了起來，一想到莫里波夫人的話，她就覺得和雅歌相處肯定是件不愉快的事。

「我要負責配送這裡的藥品。」裘德自信滿滿地拍了幾下腰間鼓起的包包。

「餐廳員工在烹調食物時所用的魔法劑或是他們生病時的治療藥物，皆是由雅歌製作的，而我就是負責把做好的藥物分送給每個人。」

裘德打開包包，翻找著裡頭的藥品。

「妳可以幫我嗎？兩個人一起分送的話，很快就能結束了。」

其實希亞已經沒有心力去幫助任何人的工作，但看著裘德幫自己提著從管理室拿到的行李，她無法忍心拒絕。

「好吧，我幫你送。」希亞二話不說，答應了裘德，他開心地露出微笑。

「太好了，謝謝妳！妳有看到階梯下方的房間嗎？那是『麵粉之房』，妳把這個藥送過去。」

裘德邊說，邊從包包裡掏出一瓶裝有紫色液體的玻璃瓶。

「啊，還有，妳有看到對面樓下，右邊數來第二個門吧？那裡是『酒之房』，妳也把這個送過去。」

他這次翻找出一把青綠色的海草。

希亞拿著玻璃瓶與濕軟的海草，裘德則是接過她手上的行李。

「行李我幫妳拿著，我會在飼養室等妳，等妳送完藥品後，走到最底層的材料儲藏室，那裡有間飼養室，我有事情要在那裡忙，妳沒問題吧？」

那兩間房的名字聽起來相當特別，希亞點點頭。

「那等會兒見，謝啦！記得不要迷路喔！」

裘德說完，將希亞的行李攬在手上，快步奔向了飼養室，看著裘德離去的背影，希亞低頭望向手上的玻璃瓶與像海草的物體。她在內心默念：裝有紫色液體的玻璃瓶要送至麵粉之房，海草則是送至酒之房，送完後再去飼養室找裘德。接著動身前往裘德所說的方向，所幸很快就到了。

抵達目的地的希亞，站在門前發怔，出現在她面前的門格外奇特，希亞將手放在門上，隨即能感受到一陣鬆軟綿柔，其觸感與一般的木製門板完全不同，她一撫摸這道門，手掌立即沾上一層麵粉，這道門恰如其名，正是由麵粉所做的門扉，雖是由麵粉製成卻相當堅實，門框四角圓潤，地上還散落些花白的麵粉屑。

希亞站在門外，不知該如何是好，此時房內傳來陣陣笑聲，十分吵雜有如瘋子般的猖狂，希亞不敢貿然開門進去，謹慎地敲了下房門，但手敲擊麵粉是毫無聲響的，希亞只好伸手旋轉門把，門把也果不其然是由麵粉製作而成。

就在希亞握住門把的瞬間，一隻細長的手臂，自麵粉門衝出，那隻手臂如橡皮筋般既長且富有彈性，那隻手分裂出手指，撫過希亞驚恐的臉頰。

「這、這是什麼東西！」

待希亞回過神來已經太遲，就算她想大聲吼叫也沒有用，那雙巨大的手緊緊抓住希亞的身軀，將她拉往麵粉門板內，使她動彈不得，在短暫的一瞬間，希亞與那隻手一同消失在麵粉門裡。

被巨大手掌握住的希亞猶如全身麻痺，一切感知神經被阻隔，當沉沉包覆在身上的壓迫感消失時，她這才能睜開雙眼。只不過映入眼簾的，是顆雪球般大小的球體快速朝她飛來，嚇得希亞快速閃避，她幸運躲過了這一波攻擊。

希亞定神看向那些球體，那是一顆顆搓成圓形的麵團，她環顧房間，房裡由麵粉組成，從地板、天花板、窗戶，全都被一層麵粉覆蓋，似極了披上雪被的一座座小山。

「嘻嘻嘻嘻！我都瞄準妳的頭了，閃得挺快的嘛。」

調皮的戲鬧聲傳來，希亞轉向看往聲音來處，被著實地嚇了一大跳。

不知道對方是不是很滿意希亞的反應，聲音的主人揮舞著手大笑。

「哈哈哈哈哈！真的讓我親眼看到人類了，可是長得好無趣啊。」

那個惡作劇的淘氣怪，像是在水產市場裡挑漁貨的人，用長長的手臂擺弄、端詳了希亞的四肢，對著擁有深咖啡色瞳孔，把深黑髮綁成馬尾的希亞挑剔了一番，之後才自討沒趣地鬆開手。

終於掙脫束縛的希亞，這才有時間仔細看著聲音的主人，他整張臉是個略長的橢圓形，帶著些微的粉色光澤，眼睛與嘴巴像是有人用刀子削出洞口般，沒有看起來像是鼻子的部分，整個身體是個巨大的橢圓形物體，擁有大約六隻手臂，整個人像是用刀具雕刻木頭而成，邊角奇異。

他的那些手臂以視力難以跟上的速度快速移動著，可隨意增減長度與大小，還能隨時延展縮起，每次他揮動手臂就會在房內揚起陣陣粉塵。

「喂！妳也說點話嘛！哪有人進來別人的房間，像根木頭一樣站在原地。」

希亞被那些神奇的手臂吸引目光，還沒有心思開口說話，那隻淘氣怪似乎失去耐心，依然上下晃動著手臂，希亞看著首次見到的光景只能發呆。

「我叫妳說話啊，還是人類是不會說話的動物？」

淘氣怪開始懷疑人類的語言能力，當他正想教希亞說話時，希亞這才回過神。

「我來送雅歌的藥品，我正在幫裘德分送藥品給大家。」

希亞冷靜地說明自己的來意，淘氣鬼看到眼前的人類能夠正常溝通，也收起了玩性。

「是喔？看來裘德這傢伙又翹班去玩了，沒關係，這樣讓我能遇見真正的人類也不錯，況且裘德每次來我這裡，都用我的手臂作亂，討厭死了。」

淘氣怪安撫似的摸著自己的手臂說道。

希亞不知該怎麼回應他，只好將話題拉回至原先的目的。

「這是你的藥品，裘德說直接交給你就行了。」

一看到希亞掏出的玻璃瓶，淘氣怪馬上皺起臉耍賴。

「唉呦，我不喜歡吃這個啦，可是不吃的話，一到晚上，我就會夢見怪物來搶我的布丁吃。」

「這是預防噩夢的藥嗎？」

希亞驚奇地問道。

「對啊，因為我每天都會做噩夢，所以請雅歌幫我調製藥品。可是這太難吃了，吃起來像貓咪的鬍子。」

淘氣怪揉著麵團說。

「你有吃過貓咪的鬍子？」

「嗯？當然沒有，沒事幹嘛吃貓咪的鬍子？」

「但是你剛才不是說這個藥吃起來像貓咪的鬍子……」

「我的天哪，人類未免也太無趣了吧，若是每一句話都要追根究柢，那人生還有什麼樂趣。」

他打斷希亞的話，面露唾棄，雖然希亞想要出聲反駁他，但想到自己應該會有理說不清，最後還是放棄。

房內迎來一陣沉默，希亞覺得空氣尷尬得難受，眼見送藥的任務已經完成，自己應該能前往下一個目的地了。此時，門外傳來細小的敲門聲，那是若有似無的震動聲響，連希亞也不知道自己是怎麼聽到的。淘氣怪伸長了一隻正在搓揉麵團的手臂，延展至門邊，其餘的手仍專注地揉著麵團，那隻長如橡皮的手扭開了門把。

希亞暗自埋怨淘氣怪，當她杵在門外時，怎麼就不能如此禮貌地開門。但當她望見敞開的門隙，隨即驚訝地睜大雙眼，因為門外聚集了許多爭先恐後的雞蛋們。

雞蛋們一見淘氣怪開啟那扇麵粉門，便吵吵鬧鬧地擠進房內，蛋殼上掛著小巧的眼睛、鼻子、嘴巴，幾乎有數十顆雞蛋鬧哄哄地簇擁而上，原先正在揉著麵團的淘氣怪高喊「好了！別再進來了！」然後瞬間將門大力關上。

被隔絕在門外進不來的雞蛋們，一個個高呼抱怨吵著開門，而成功擠進房內的雞蛋們，開心地大肆喧鬧。

整個房間瞬間被一來一往的聲音淹沒。

「這、這些東西是怎麼回事？」

希亞驚訝地高聲問道，一邊的淘氣怪淡然自若回答她。

「他們是雞蛋。」

「不、不、不，我的意思是……」

「我知道妳的意思！人類真是沒有耐心，妳不是想知道為什麼這群雞蛋要擠進我的房間嗎！」

淘氣怪覺得不可理喻，搖了搖頭。

「做麵團不是需要雞蛋嗎，所以餐廳會在每天的固定時間放出大量的雞蛋，這段時間就稱為『雞蛋時間』，只要時間到了，雞蛋們會各自到每個需要他們的料理室報到。」

就算聽了淘氣怪的解釋，希亞連反應的空檔都沒有，雞蛋紛紛發現她的存在，興奮得七嘴八舌。

「你們看！是人類！是那個跟哈頓大人簽下契約的人類！沒想到她就在我們上方！天哪……」

一顆雞蛋看著她大吼，接著，其餘的雞蛋也心急地想親眼看看這個稀有的人類，蜂擁而上。一下子希亞的腳邊就擠滿了雞蛋群。

——我得逃走才行。

希亞心想，既然裘德交付的藥品已經順利交給主人，那就沒必要繼續待在這裡，房內的雞蛋為了引起希亞的注意，無不大呼小叫，吵鬧地讓人想要摀起耳朵。

希亞為了不踩到嬌小的雞蛋，舉起腿跳了一大步，跨越至門邊，雖然雞蛋們包圍著希亞，不過仍跟不上體型比自己龐大好幾百倍的人類步伐。但當希亞打開門時，她所懷抱的希望瞬間落空，門外塞滿數以千計的雞蛋等著進門，他們將門外的空間擠得水洩不通，連一隻螞蟻想經過也難以空出位置，希亞慌亂地將門關上，她飛快的反射動作，沒有讓任何一顆雞蛋擠進房內。

希亞再度與混亂吵雜的雞蛋們，和擁有六隻手臂的淘氣怪關在同一間房間。場面混亂無比，彷彿有人直接侵入大腦，在裡面翻天覆地，雞蛋團團圍住她，不停丟擲問題。

「人類，妳怎麼有辦法在那種危急的情況下，用妖怪的食物威脅哈頓大人？」

「妳真的是人類嗎？」

「所以妳要找別的治療方法嗎？」

朝向她而來的問題接踵而至，聲音此起彼落，即使想逃跑，門外還擠著上千顆雞蛋，她瞥了淘氣怪一眼，淘氣怪一副看好戲的表情，樂不可支。

「這到底是怎麼一回事……」

希亞忍不住大吼，眼前的情況讓人不知所措。一直以來，雞蛋都是乖乖躺在冰箱裡，肚子餓時可以挑兩顆做成美味料理的食材，活了十幾年以來最喜歡的雞蛋，現在卻圍著自己瘋狂質問……

此時的希亞，彷彿被雞蛋背叛了，那個曾填飽肚子的雞蛋，活生生冒出五官，還在腳邊鼓譟，再加上另一邊還有一個長著六隻手的怪物不懷好意地笑著……

「嘻嘻嘻嘻嘻，妳怎麼怕成這樣？這種盛況以後每到雞蛋時間都會上演一次。」

他竊笑地說。

「管他什麼雞蛋時間，這場鬧劇要什麼時候才會結束！我還得繼續配送藥品，才有時間去找解藥啊……」

希亞手足無措，淘氣怪反而看得很開心。

「哈哈哈，真可憐，可是該怎麼辦？雞蛋時間有半個小時，餐廳裡四處都是料理室，不會那麼快就結束的。」

雖然想駁斥淘氣怪，不過腳邊擠得厲害的雞蛋們，讓她不得不望向他們，每顆雞蛋都睜大著眼睛，投射充滿好奇心的目光。

希亞嘆了口氣，既然如此，在雞蛋時間結束前，在房內和雞蛋們好好相處才是最好的方法。她將手指放在嘴邊，示意大家安靜，原本吵鬧的雞蛋紛紛靜下來，專注地盯著希亞看。

不知不覺，整座房間安靜了下來，一對對水亮的期待眼神聚焦在房內的人類女孩身上，淘氣怪也像來到動物園看猴子，靜靜地看著眼前的場景。

「請安靜一下。」

希亞按捺著不安，對在場的雞蛋開口道：

「大家，沒錯……」

希亞不知道該如何稱呼這群雞蛋，只好找了個最大眾化的稱呼「大家」。

「如大家所說，我就是那個人類沒錯。」

此話一出，雞蛋又開始彼此交談。

「大家應該知道，我要在這一個月找到能治療哈頓的解藥。」

她直視著每雙眼睛。

「所以有誰知道，什麼藥能夠治療哈頓的嗎？」

希亞其實並沒有懷抱期待，只是試探性地問一下。如同她所想，雞蛋們搖搖頭。這個微小的動作在他們身上，更像是整個身軀左右搖晃。

希亞吐了口氣，自己還需要待在這裡三十分鐘左右的時間，滿屋的好奇心仍渴望著她，但是比起剛才已經柔和許多，或許能好好度過這段時間也說不定。

此時一旁傳來破壞氣氛的聲響。

「嘿嘿嘿，妳繼續跟他們玩啊，我還要一陣子才會用到雞蛋，現在要先把麵團都揉完才行。」

淘氣怪不知道是不是想多看點好戲，找了個藉口，這下讓所有雞蛋的視線又回到希亞身上。

「嗯，你們好像很好奇關於我的事，那麼別急，按照順序來，我會回答你們的問題。」

希亞講出連她自己都訝異的話，並且是那般沉著冷靜。她理性的發言使得雞蛋們像聽話的小狗般，有秩序地圍繞在她身邊，她挪動身子坐下，將自己怎麼來到這裡的故事，娓娓道來。

不久後，房內氣氛一片融洽，希亞與雞蛋們有說有笑，她仔細回答每顆雞蛋的問題，同時與雞蛋們交換著妖怪餐廳的大小事情。

「天哪，都已經這個時候了。」

正享受著愉悅的聊天片刻時，希亞瞄到大門，忽然意識到自己還有工作要做，雖然跟雞蛋們聊天很開心，不過現在的她不是能夠隨心所欲的自由身。

「再多待一下嘛！」

「對啊，我們才聊一會兒而已。」

「妳要走了？太過分了吧！」

雞蛋們大聲嚷嚷著，要她別離開，希亞只好俯身安慰這些嬌小的生命體。

「怎麼會過分呢？你們不是也知道，我還有任務在身。」

因為已經跟雞蛋拉近距離，現在她對雞蛋們說話就像跟朋友般親近。希亞站起身子，雞蛋們咕嚕嚕滾到她的鞋子上，抬頭望著她說道：

「那妳現在要去找解藥了嗎？」

「如果妳真的成功找到解藥，逃出這座島的話，我們會很想妳的，雖然那時候我們就已經被做成料理了……該死，距離我的蛋殼被打碎也沒剩多少時間了！」

「那、那麼！假如妳真的找到解藥，就可以把夏茲趕出去了對吧！哼，這段期間以來，要忍受夏茲那副臭脾氣，真是累死人了！」

在雞蛋們的你一言我一語中，冒出了一個陌生的名字，正當希亞想開口問之前，房內的聲響倏然而止，空氣彷彿凝結，連埋頭揉麵團的淘氣怪也停下手，所有人的臉色變為蒼白驚慌。

不明緣由的希亞，察覺到氣氛的變化，緩緩問道：

「夏茲？夏茲是誰……」

「給我出去！」

希亞的話尚未說完就被一聲怒斥打斷，臉色灰白的淘氣怪憤怒地瞪著她。

「全都給我出去！」

他再度嘶吼，雞蛋們什麼話也不敢說，只能顫抖地看著希亞，希亞意識到危險，倉皇踉蹌地走至門邊，她握緊門把的手都還沒旋轉至底，就被淘氣怪的麵粉手臂使勁推出。

「呃啊！」

希亞因怪力被重摔在地上，那扇門隨著一聲巨響，大力關上。雞蛋時間似乎已經結束，整座走廊空蕩無人，她獨自蜷起身子，此時的她，內心比任何時候都來得孤獨淒涼。

3

眼淚釀的酒

被趕出麵粉之房的希亞，動身前往下一個目的地，她對於將自己推出門外的淘氣怪感到憤怒，同時也對雞蛋們感到遺憾，她的心情五味雜陳，不過很快就下定決心不沉浸在這份情緒，她一心想將工作做完，去地下室後才能尋找解藥。

希亞在心裡勉勵著自己，步向裘德交代的「酒之房」，她沿著翡翠色的階梯走下，拐過一個轉角後望見一道灰白斑駁、老舊不堪的門。叩叩，希亞敲了幾下門，卻聽不見內頭的動靜。

希亞別無他法，只好在沒有主人應許的情況下打開房門。整座房爬滿濕氣，狹隘擁擠，與剛才寬敞的麵粉之房不同，強烈的酒氣撲鼻而來，使其不自覺皺起鼻子，壁上掛著一扇小窗，一絲月光孱弱地照進房內，纖細至下一秒就會散去，單用這一絲月光根本不足以提供這間房該有的光源。

房間的正中央有一名看似中年左右的男子，他彎著腰一手倒著酒水，而他倚靠而坐的是堆疊起來的空酒瓶山。

希亞環顧房間，牆壁猶如盾牌將房間圍起，牆上有著密密麻麻的時鐘，以窄不見壁的間隔吊掛著，時鐘的種類繁多，有咕咕鐘、老爺鐘、掛滿玩偶的時鐘。從平凡到不曾看過的珍貴時鐘比比皆是，而每座時鐘皆以相同的速度轉動，維持相同的時間，數十座時鐘同時運轉，成了這間孤單的房間裡唯一的聲響。

「酒真是太美味了，妳要不要來上一口？」

中年男子發出低沉嘶啞的喉音，像隻貓咪把話都含在嘴裡。

希亞原本看著壁上的時鐘，因聲音將視線轉向那名喝得醉醺醺的男子，他用一對毫無靈魂的雙眼看著希亞，他的鼻頭因酒氣染上紅潤，眼神迷濛，整個人像已經好幾天沒洗過澡般髒汙滿身，臉龐浮腫漲紅，不過其樣貌跟剛才的淘氣怪比起來正常多了。也對，現在對希亞而言，已經沒什麼能嚇著她了。

他用骯髒的袖口擦去嘴上掛著的酒滴說道：

「妳幹嘛站在那裡？過來這邊坐。」

他待她如認識多年的老友般招呼，希亞扭扭捏捏低著頭，走至酒鬼的身旁，當她一靠近，馬上能聞到比剛才更重的酒味，空氣中的酒精濃度高到令人難以正常呼吸。

酒鬼晃動著頭，拿出一只酒杯，開始倒酒，隨著嘟嚕嚕的聲響，透明液體漸漸填滿杯觥。

「喝吧。」

那道嘶啞的聲音對她說，並將斟滿的酒杯舉起。

「不了，我還未成年。」

希亞不假思索拒絕了他。酒鬼笑了一聲，將手上的酒杯湊上自己的嘴邊，一飲而盡，他閉上眼，似乎正品味著酒水的滋味，然後睜眼望向希亞。

「真可惜，我還以為有位能一起喝酒的朋友出現了呢。」

他將倒空的酒瓶隨意丟向身後，並拿起新的一瓶酒往杯裡斟，那瓶酒裡釀著些許檸檬皮與砂糖。

「不過妳可以喝我的酒，因為這酒幾乎沒有酒精，只是酒氣強罷了。」

希亞瞅著透明瓶身裡如海浪上下傾倒、翻滾的玉液。

「這是什麼酒？」

希亞輕輕拋出個簡單的問題，但酒鬼卻獨自笑了起來。

「那是眼淚，用眼淚釀的酒。」

「什麼？」

聽到意料之外的答案，使希亞感到困惑，酒鬼將酒杯高舉，像是某種乾杯的姿勢，搖晃酒杯，杯中的酒液劇烈晃動，些許還潑灑在外。

「我說這是用眼淚釀的酒，啊，還是乾脆將它取名為『眼淚之酒』？感覺很不錯，就這麼決定了，以後稱它為『眼淚之酒』。」

酒鬼似乎直到現在才正式替自己的酒取名，他一臉自豪看著瓶身，並繼續用粗啞的聲音說道：

「這種酒都是我用自己的眼淚釀製而成，比起一般的酒，這支酒喝起來更能使人心情愉悅，所以餐廳的客人更喜歡我的酒，而不是吸血鬼所釀的葡萄酒。這對我來說是無比光榮的事。」

不知是不是難得說這麼長的一段話，致使喉嚨乾渴，當他一說完話，馬上又啜了一口酒。

兩人又陷入沉默，房內只剩時鐘的聲響，希亞再度瞥向那堆酒瓶，那疊得像座小山高的空酒瓶。

「看來你很常哭，所以才能釀製出那麼大量的酒水。」

希亞喃喃自語，酒鬼微微挺起身子，驕傲地回答她。

「對啊，所以我的『眼淚之酒』才能比葡萄酒更受歡迎，若不能流那麼多眼淚，就做不出那麼大量的酒了，妳知道光是釀一瓶酒，就需要多少的眼淚嗎？這種酒只有我能釀製。」他倒著酒，接續說：

「這樣看來有好有壞，好處是只有我能製酒，才能在這種高級餐廳找到工作，不然像我這種廢人，哪裡有飯可以吃。」

酒鬼又舉起杯，細細品味自己所釀製的酒，咕嚕喝下肚，希亞盯著他好一陣子後開口問道：

「那麼壞處是什麼？」

酒鬼放下酒杯，紅腫的嘴角勾起苦澀的微笑。

「壞處就是要不斷回想痛苦的回憶，才能不停地掉眼淚，因為沒有比回憶過往更痛苦的事了，或許我永遠要被困在回憶之中。」

他說完又喝乾了杯中的液體，希亞只能靜靜看著酒鬼。

滴答，滴答，滴答。

這個房間像是被世界所遺棄，只有轉動的鐘聲是提醒他們世界仍轉動的存在，就連銀白色的月光也顯得渺小的酒之房，彷彿是在順應這個房間的規則般，希亞與酒鬼都沒有開口說話。

希亞直盯著不斷喝酒的酒鬼，因著酒氣，男子好似忘記了方才的感嘆，開始哼起歌。

「……抱歉。」

希亞最後還是小聲地開了口，她對於和陌生人的沉默氣氛感到不自在，同時也因為聽了酒鬼的可憐處境感到心疼，她看著酒鬼，暗自等待他的回應。經過了長長的空白，酒鬼噗哧一聲笑了出來。

「妳哪需要道歉？我會這樣又不是妳的錯，再說……因為流淚我才有工作啊，我這一輩子都是個無業遊民，只能餓肚子到處討飯吃，然後被別人唾棄。現在這樣的生活反而還比較好。」

他嘶啞地拉長喉嚨，過後又拿了瓶酒，扭開瓶蓋。他的鼻子已經比希亞進房時來得鮮紅，像頂著顆番茄似，酒氣也更加濃烈。

「叔叔還要繼續喝嗎？你的工作是釀酒，不是喝酒吧？」

希亞皺著鼻子說，起初她還能捏鼻子隱忍，不過看到空了的酒瓶愈積愈多，她實在無法忍受這逼人的酒氣。

「我還要繼續喝。」

酒鬼固執地回絕了她，正當希亞想多說什麼時，酒鬼接著說道：

「小女孩，眼淚之酒不是隨時想釀製就能釀製，必須要當我哭得傷心欲絕時才能接下足夠的眼淚製作。」

他晃動酒瓶，倒空最後一滴殘留。

「如果我現在在妳面前嚎啕大哭，妳能接受嗎？我是沒關係喔……」

「……」

「人喝了酒就會變得無所畏懼，有人說這份無所畏懼相當魯莽，但我不那麼認為。活在世上，很多時候需要一些無知與愚昧的勇氣。」

他將酒杯靠往嘴邊，一口喝下，用衣袖擦去滴落的酒滴。

希亞睜著眼，直盯著酒鬼，她無法全然理解酒鬼所說的話，需要愚昧的勇氣是什麼不合邏輯的話，酒鬼含糊的發音讓他的奇怪理念聽起來更荒誕了，不過希亞清楚知道一件事。

「不用了，我希望你不要在我面前大哭。」

酒鬼聞言，看透一切地笑了。

「我就知道，所以說我現在在釀不了酒，我不想讓妳不知所措，我會在妳離開時，回想起我那被背叛、悔不當初的人生，放聲大哭，任由眼淚迸發，裝滿玻璃瓶，做成一瓶瓶的酒。」

他倒了一杯酒，咬著舌根吃力說道：

「所以哭之前要多喝點酒，這樣晚點才能沉浸在悲傷的情緒裡頭。」

酒鬼嘴角上勾，形成一道苦澀的笑。

「這就是我的工作，整天灌酒喝，再竭盡全力痛哭，世界上看似最簡單又最不幸的差事。」

那雙無法聚焦的眼珠子看著希亞。

「妳不也覺得，這是最簡單又最不幸的事嗎？」

希亞咀嚼著酒鬼的話，他的酒後直言激起希亞的同情心。

「……你的人生這麼悲慘，那你是怎麼撐過來的？」

希亞以問號回答了酒鬼的問句，酒鬼不假思索地說：

「我的人生愈痛苦孤獨，愈能使我想起過往，現在痛苦的時刻，有一天會化為碎片，成為過往的一角，而那塊碎角，將會慢慢模糊、透明，最後終將融化消失。」

酒鬼說完話又飲盡杯中酒，不過此話卻在希亞心上久久停留。

「你的意思是，你因為過往而哭泣，卻又藉由反覆思考，得到慰藉嗎？」

希亞說出結論，酒鬼抬起頭看著她。

「差不多是這樣吧。」

酒鬼喃喃自語。

「因往事而哭，又因往事而癒？聽起來好諷刺，又好難懂。」

酒鬼聳了聳肩。

「世界不就是這樣運轉嗎？」

他回答後，將酒瓶內的酒水一滴也不剩地倒空。

希亞轉頭，盯著牆上的鐘，色澤、大小不一的時鐘們，填滿了這個不大的房間，時鐘們宛如約定好般，以同樣的時間間隔發出聲響，希亞望著牆上的鐘出神，酒鬼則是露出滿足的笑容。

「這間房裡的時鐘很壯觀吧？都是我掛上去的，而且妳仔細看，會發現有一個特別的共通點。」

酒鬼面露期待的神色。希亞的好奇心油然而生，認真地研究牆上的時鐘們。

「我發現了！時針沒有轉動，不過還是能聽見時針轉動的聲音。」

希亞望向酒鬼，他將空瓶丟往後方，發出一道清脆的聲響，並點點頭。

「沒錯，這些時鐘會發出滴答滴答的聲音，不過時針不會跟著轉動。」

酒鬼邊說，邊拿來一瓶新酒，扭開瓶蓋。希亞擔心酒鬼喝這麼多酒會不會暈過去，投向擔心的眼神，酒鬼揮揮手，示意自己沒事。

酒鬼也似乎很需要跟人說說話，他張大著嘴，解釋了起來。

「我最喜歡這種空間了，空無一人的房間，在這裡只有我自己，沒有那個對我而言宛如噩夢的世界。在這裡，能夠完全隔絕只剩殘酷又悲慘回憶的世界。」

他繼續念念有詞。

「這裡時間暫停，一切事物都停下腳步，唯獨我自由自在地存活，身處在時針停止轉動的鐘擺間，我的時間就像真的停止，除了我以外的人事物皆靜止。」

講完冗長話語的他，似乎深陷一場夢中，雙眼不相稱地眨動，然後吸了一口長長的氣，問向希亞。

「妳在疲憊不堪時，不曾幻想過自己也能在這種環境底下嗎？」

他期待著希亞的回答。

「……沒有，我……沒有想過那種事，也聽不懂你的意思。」

希亞誠實地回答了酒鬼，她從沒想過自己要待在時間暫停的地方，也無法認同酒鬼的想法。

痴醉的酒鬼，似乎聽不見希亞的回應，若無其事繼續喝著酒，酒滴流過他乾澀的嘴，那滴酒好似無法滋潤乾旱的稀薄雨水，無力地滴落下來。

酒鬼開口說道：

「也對，妳一定無法理解我的心，妳的人生平靜快樂，也才剛開始不久……」

希亞無法認同他的說法。

「我不這樣認為，我不久前才差點被怪物挖出心臟，現在還要在一個月的時限內找出解藥，不然就要獻出心臟。」

酒鬼聽著希亞的抗議，嘻嘻笑了起來。

「原來如此，那妳也沒剩多少時間了，相信妳很快就能認同我的想法了。」

酒鬼信誓旦旦說著，希亞在心裡暗自否定他，確信自己不會有這樣的一天。

「先不說這個了，妳怎麼會來我的房間？又不是來喝酒的……」

正在品嚐美酒的酒鬼，忽然問起希亞的來由，她這才猛然回想起自己的目的，剛才跟酒鬼醉醺醺的對話，使自己差點就忘了該做的差事，她翻出藥品。

「我是來幫裘德送雅歌的藥。」

一聽到希亞的來由是如此的無趣，酒鬼皺起鼻子，接過藥品後，不情願地丟進骯髒的口袋。

「臭雅歌，我都說過幾次不需要解酒藥了。」

酒鬼用布滿血絲的雙眼抱怨了幾句。

「你在更醉之前，先吃一些藥應該比較好。」

希亞抬起一邊的膝蓋，準備起身。

「不用擔心我，我是醉著過活的人，不需要清醒，反而是雅歌那個女人，受不了我醉醺醺的樣子，自作主張幫我送藥的。」

酒鬼彷彿不在乎希亞是否要起身離開，淡然說著。

「那我先離開了。」

希亞不希望再蹉跎時間，趕緊走往門口，她似乎被房間的時間概念所影響，待了許久的時間卻不自知。

「好吧，再會。我會想念妳的。啊，對了，女孩。」

背對著希亞的酒鬼，突然想起什麼。

「這是我給妳的忠告，像妳這樣單純又天真，才剛來這裡的人可能看不出來，這間餐廳有許多需要提防之處，這裡擁有太多不為人知的秘密，因此也格外危險，妳別單靠外表就下定論，許多事都要再三思考。」

酒鬼飄忽的聲音，斷斷續續講著話，雖還是充滿酒氣，但他的話卻格外有理，希亞的腦海裡，瞬間閃過剛才在麵粉之房的事。

——夏茲。

她想起在麵粉之房，單靠名字就能使房內氣氛倏然冰冷的那個人，只要提起這兩個字，所有人似乎都急欲想隱藏某種秘密。

希亞轉頭望著酒鬼，雖然尋找哈頓的解藥很重要，可是了解餐廳才能有助於尋找解藥。

「餐廳的秘密嗎？例如……」

希亞觀察著滿眼血絲、眼神渙散的酒鬼問道：

「例如夏茲嗎？」

「……」

「什麼？」

當夏茲兩字脫口而出的瞬間，原本因酒意上揚的嘴角瞬間垂下，隨時像能倒頭就睡的眼神突變銳利，瞪大著雙眼，希亞心急地巴望他的回答，酒鬼的臉上浮現慌張之情。

希亞執著地等著酒鬼回應，她剛剛從麵粉之房被莫名其妙趕出門外，她這次不想再退縮，若是想在餐廳存活下去，必須要盡快得到有用的情報才行。

不過時間滴答流逝，酒鬼比起冷靜下來反而更加慌張，原本就漲紅的臉現在已經紅至雙耳，甚至連頭髮的每根髮絲都轉為如番茄般的紅色，彷彿要永遠陷入靜止狀態的酒鬼，看著希亞緩緩開了口。

「……嗝。」

令人失望地，那是他聽到那個名字之後的第一句話，希亞原本期待著他開合的嘴能說些什麼，結果只換來叫人失望的打嗝聲。

「嗝、嗝。」

酒鬼的打嗝聲愈來愈快，但他似乎知道，希亞不會輕易放過他，努力在嗝聲間找尋空檔。

「嗝、嗝，我、嗝、妳怎麼，嗝……會知道，嗝、他？嗝。」

酒鬼的打嗝狀態非常嚴重，甚至連一句完整的話都說不了。

「那不重要，我只希望你能告訴我『夏茲』究竟是誰。」

希亞一個字，一個字，清楚、用力地強調著，酒鬼用微顫的手拿起酒瓶，似乎想使自己冷靜些，並開始大口灌起酒，所幸他在喝了幾口後，打嗝聲稍微平靜。

「我、我不知道妳是怎麼知道那個名字的，嗝，不過……嗝，抱歉，那不是我能開口提及的事。」

講出這番話的他，小心翼翼地完全不像名喝醉的人，希亞感到萬分失望。

「為什麼？你剛才不是說只要喝了酒就能無所畏懼，雖然有人稱之為『魯莽』，不過人生不就是需要這種『愚昧的勇氣』嗎？那你為什麼現在卻害怕提起這股『愚昧的勇氣』？」

面對希亞的反駁，酒鬼慌張不已，幾秒的沉默後，酒鬼認真地回答她。

「人生的確有需要無知與愚昧勇氣的時候，但要是稍有不甚，可能使自己陷入更大的危機，所以在提起那種勇氣前，一定要先認清自己的處境，現在不該是魯莽的時候。」

希亞聞言卻也毫不退縮。

「如果你視情況對自己有利時，才鼓起勇氣的話，那就無法被稱之為勇氣，那只是投機取巧的應變而已。」

酒鬼似乎已經放棄辯解，臉上露出微妙的笑容。

「那就對不起妳了，我可能沒有妳所期望的那種高尚的勇氣。」

說完話的酒鬼，將頭撇過去，示意自己已經不想再與之交談。希亞明白無論自己再多說什麼也無法改變對方的想法。

失望的希亞不甘心地微微點頭道別，當她轉頭走向門口，身後傳來酒鬼的最後一段話。

「再會，當妳感覺疲憊孤獨時，再來這間房吧。就像我剛才說的，當妳寂寞時，必定也會希望能處在這種時間暫停的空間，雖然我……無法告訴妳那些事情，不過至少這間房間和酒水是我能為妳所做的。」

雖然酒鬼的話中顯現出對希亞的體諒，可是希亞卻絲毫沒有領情之意。

「絕對不會有那種時刻來臨。」

希亞帶著苦澀的心，喃喃自語，不再留戀地推開門，終於踏出那個幽暗漆黑的房間，朝向外頭華麗的燈光而去。

外面閃爍的燈光與身後的晦暗房間形成對比，夜晚涼爽的空氣拂上臉頰，將厚重的酒氣吹得一乾二淨。粉色櫻花於夜空中飄逸，撫慰了心中一隅。狹窄的翡翠色階梯兩側的料理室仍冒出裊裊白煙，櫻花瓣與曦白的煙霧旋轉、舞動。

然而，面對如此壯麗的風景，希亞心中卻五味雜陳，她腦海裡全想著該怎麼尋找哈頓的解藥。倘若能更了解夏茲的身分，似乎能幫助她尋找解藥。

但也許真的沒有人類心臟之外的解藥，自己一個外人，真的有可能找到大家都不知道的解藥嗎，況且現在完全沒有線索，也沒有人能幫助自己。

對未來感到茫然的希亞走下了樓梯，裘德說若是配送完藥品，就到餐廳樓下的材料室裡的飼養室找他。往下尋找似乎不是件難事，她順著蜿蜒的階梯向下走去。

過了料理室後，能看到客人們享用著食物的模樣，繼續往下走，能看到一間貌似材料室的恬靜空間。

推開牆上一道由光滑木板所製的門後，一道乾淨的走廊在眼前出現，兩側有著一扇扇門，第一扇門裡是一間寬敞的溫室，種植許多蔬菜。第二扇門是存放各項材料的冷藏室。第三扇門裡則是放置乾料的乾物室。

希亞繼續往前走，來到一扇門前，門內不時傳出嘈雜的聲響，聽起來像是牲畜的叫聲，這間大概就是飼養室了，希亞謹慎地握住門把。

「哈哈哈哈。」

從門縫聽見微弱又親切的少年笑聲後，她鬆了一口氣，安心推開門。門後的光景一下子映入眼簾，原以為會看見許多動物，結果卻是空蕩蕩的一間房，希亞在門外所聽見的牲畜叫聲從地板下傳來，只見地板上擺放了幾張長椅，然後在幾張椅子間，裘德坐在那之上，身後的牆上有道長方形的窗，淺白的月光將裘德的影子照射於地。

「咦？妳來了，進來吧。」

裘德發現獨自站在黑暗中的希亞，對她揮揮手，希亞原以為與裘德碰面後，他馬上會將自己送往雅歌的地下室，因此對他現在從容的態度感到些許困惑，不過仍點點頭走向少年。

「你一直在這裡嗎？」

「沒有啦，我剛好在跟朋友聊天。」

聽見裘德一派輕鬆的回答，希亞有些不開心，她幫裘德到處跑腿，他卻在這裡玩耍？自己都可能在跑腿的途中遭遇不測，他也絲毫不在意嗎？

裘德不知道是看不出希亞的心情，還是假裝迴避，他泰若自然繼續說道：

「打聲招呼吧，這是我朋友，西洛。」

裘德指向左邊，希亞也跟著他的視線望向左邊，可是眼前卻空無一物。

「這世界也有透明妖怪嗎？」

「咳咳，請妳往下看看。」

希亞因著陌生的聲音震了一下，往聲音的方向望去，嚇了一大跳。

「這、這是……！他、他怎麼會……」

希亞看到裘德旁邊的生物，嚇得說不出話來。

要將其定義為單一一種生物相當困難，那神秘的生物表面覆蓋一層發著光亮的白色鱗片，身長大約如同希亞手臂的長度，雙眼細長卻不尖銳恐怖，瞳孔像溫潤的奶油糖般有著黃金色澤，整體形似蜥蜴，卻又太過特別。

他的外表與電影中的龍有些神似，不過形體卻太過細小，龍應是具有威嚴、令人害怕的生物，不過眼前的他只有希亞手臂的長度，任誰看了都覺得可愛，而且他還用那小巧的身軀假咳了幾聲……就像小孩子想裝大人似的。

當希亞還沒回過神來時，西洛主動開了口，他用無比溫柔，富含愛意的聲音輕柔說道：

「沒事的，沒事。別緊張，跟著我慢慢吸氣、吐氣。」

他聳起肩膀，示範著呼吸頻率，安慰希亞，不過希亞還是整個人僵直在地，聽不進去西洛的話，西洛見狀嘆了口氣。

「沒關係，我也明白。」

「明白……什麼？」

希亞不明白他的意思，西洛接續說道：

「這麼近距離看見像我這種優秀的龍，一定會手足無措，一下子無法回過神來吧。」

他繼續一臉正經地說：

「心臟跳得飛快，一定連話也說不清楚，我都明白的，看到這種絕世美貌，想必會驚慌失措，沒關係的，這是很正常的反應。」

「……啊？」

希亞不敢置信自己聽到什麼，張大了嘴，西洛的臉上掛著與之不符的羞赧笑容，自顧自地繼續說著。

「我都了解，這位小姐，雖然我身為純潔高尚的一頭龍，不過也跟妳一樣是個生命體罷了，所以妳毋須緊張，妳繼續用那種眼神看我的話，我會害羞的，哈哈。」

「你在說些什麼？」

希亞困惑地說出心中疑惑，西洛看她不解的模樣，眼神轉為擔憂。

「不好意思……請問妳是不是……聽不太懂人話，還是……本來就有溝通上的問題？」

雖然西洛語帶禮貌並謹慎，不過足以惹惱希亞了，當希亞正在腦裡措辭，想著該怎麼回答他時，在一旁看戲看得津津有味的裘德，最後還是忍不住笑意。

「哈哈哈哈！」

他笑得東倒西歪，後方窗戶吹進來的微風，也將裘德的褐色髮絲吹得飄逸。

「你們太好笑了，逗得我好開心。」

希亞、西洛兩個人困惑地看著裘德，他笑了好一陣子才冷靜下來，然後望向不明所以的希亞。

「妳就讓著他一點，西洛的想法比較特別……」

裘德話都還沒說完，西洛即用自信滿滿的聲音插話說道：

「你現在要介紹我嗎？還真親切！不過自我介紹這種事，我認為由本人來介紹比較好，這樣才是最正確無誤的自我介紹。」

西洛阻止裘德後，隨即用充滿熱情、自信的聲音，提高了音量。

「妳已經知道了我的名字，我叫西洛！從名字就代表我將會成為英雄的命運，我的長才就是這張帥氣的臉龐，興趣是鬧裘德！」

裘德雖然面露一絲不快，不過西洛卻毫不在意，繼續他的自我介紹。

「我是ＡＢ型，乃美麗又神聖的龍族！身高我想省略，我的工作是『守護者』。」

「守護者？」

見到希亞終於對自己的話提起一點正常的反應，西洛興致勃勃地大力點頭。

「沒錯，我負責在這間房裡守護餐廳裡的貴重物品。」

「這裡不是空蕩蕩的房間嗎……？要守護的東西在哪裡？」

西洛驕傲地笑了笑。

「就在這裡沒錯，這裡是飼養室，雖然這裡看起來像空蕩蕩的房間，不過妳仔細看看房間的盡頭。」

西洛指向房間的邊緣，希亞仔細觀察，看見那裡並非完整的地板，而是一處向下凹陷的空間，有一座往地下而去的階梯，希亞這時才明白為什麼動物的叫聲是從地底傳來。

「從那座階梯走下去，有飼養著不同種類牲畜的棚圈，每下一層樓都有不同的牲畜，而我就住在最後一層，那裡有我要守護的事物。」

西洛自信滿滿地說完他重要的角色職責後，用滿懷期待的眼神看著希亞，讓希亞不得不回應他幾句。

「原來如此，很高興見到你，我是希亞。」

「希亞！袞德的朋友就是我的朋友，以後也請多多指教！」

西洛高聲呼喊著希亞的名字，與新朋友相遇的他，看得出來非常開心，伸出手想與希亞握手，眼神閃閃發亮。

握完手後，西洛仍滔滔不絕講著自己跟袞德有多要好，能遇見希亞又有多開心，袞德見狀，若是自己不打斷西洛，看來他會講上好一陣子。

「好了、好了，西洛，希亞跟我還要到雅歌的地下室。」

西洛的興奮之情被中斷，露出氣鼓鼓的表情，不過很快地又換上開朗的微笑。

「好吧，我一下子太開心，竟然忘記要維持龍族的威嚴，還請見諒，那麼我的自我介紹就到此結束，不過我覺得自己的這一番介紹還算不錯，甚感欣慰，聽完我這麼完美無瑕的自我介紹，各位一起鼓掌吧。」

說完話的西洛，獨自努力地拍起手來，他用龍的細小手腳拍手，看起來格外滑稽，況且他對於自己的行為感到如此驕傲的模樣，就已經很讓人訝異了。

「別呆站著，拍大力一點！再來！」

西洛大聲吆喝著面露尷尬的裘德與希亞，兩人在他的催促之下，也乾巴巴地拍起了手，伴隨著參差不齊的拍手聲，三個人之間被尷尬的氣氛圍繞。

啪、啪、啪、啪。

手掌互擊的聲響在空蕩的房間響起，真是頭奇怪的龍。

4

雅歌的地下室

裘德不知是否因為西洛的行為感到害臊，說著還要幫莫里波夫人的忙，便倉促拉著希亞走出房外，兩手還提著從莫里波夫人那裡拿到的用品。

可能是因為希亞替他跑腿，又或許是因為西洛令他尷尬，他拿著東西一股腦地走在前面。

「我們現在去雅歌的地下室，跟我過來。」

路面被飄落的櫻花花瓣覆蓋，宛若鋪上一層粉色地毯。他們走下階梯走了好一陣子，希亞覺得疲倦萬分，一心只想著趕緊到地下室，然後好好睡一覺。她到餐廳已經好幾個小時，現在已接近黎明時分，今天一整天對她來說，太過漫長又難熬。

走在前方的裘德突然停下腳步，希亞差一點就要撞上他的背。

「快到了，只要走下這個階梯，就是雅歌的地下室。」

希亞聽見裘德這樣說，探頭往前看，然後驚訝地瞪大眼睛。在她的前方，是一道陰森狹窄的走廊，掛著一條由腐蝕樹枝所纏繞的階梯，看上去岌岌可危，彷彿是想避開這座布滿灰塵的簡陋階梯般，直到剛剛都散落在翡翠色階梯的花瓣們，恰好止步於希亞的腳後，看上去宛如兩個截然不同的世界。

「走吧。」

裘德對這一切毫不訝異，淡然自若地踏上那座搖搖欲墜的階梯，希亞伸出頭，想知道階梯的底端有著什麼，卻只望見一片無止盡的漆黑深淵。已經走了幾步後的裘德發現希亞還站在上方，他抬頭伸出手。

「怎麼了？要扶妳嗎？」

希亞搖搖頭，這是往後要待上一個月的地方，必須要能自己進出才行。

裘德轉過頭繼續往下走，希亞小心地跟在後方。每當腳踩在階梯上就會發出嘎吱聲響，搖晃得難以平衡，再加上四處一片漆黑，希亞緩慢走著，反觀裘德卻蹦蹦跳跳地下去，導致整座樓梯晃得更厲害，希亞必須緊貼著牆面才能前行。

他們終於走到一處平面，有扇周遭樹木被砍伐乾淨的小門，裘德敲了幾聲，那扇門發出微弱的聲響，緩緩打開，整座地下室光線昏暗，看不清楚前方，希亞被衝出門外的臭氣薰得皺起眉頭，見希亞痛苦的表情，裘德輕輕笑了，爾後大步走進地下室。

「過一段時間就會適應這個味道了，跟雅歌那種女巫一起生活，這是沒辦法的事。」

裘德特別在雅歌兩字加重力道，看得出來他對於她的不滿，希亞點頭跟在他的身後。
地下室如預期地陰暗潮濕，疊滿灰塵，灰白色的牆將房間圍繞，即使掛著一座燈，卻不足以照亮整座房間，希亞環顧房間，但是她的心思卻不在這之上，她腦裡想著其他的事。
裘德似乎察覺希亞的心思，開口說道：
「雅歌好像在睡覺，她很常睡覺的，我們小聲一點，別吵醒她，吵醒那個老太婆準沒好事。」
裘德看起來不像在說謊，希亞也只好點頭，其實希亞並不希望這麼快就和提出要吃人類心臟的罪魁禍首碰面。
希亞提起腳，盡可能地不發出聲音跟在裘德身後，但是幾秒後，有道粗獷又嘹亮的聲音響起，把希亞的小心翼翼化為泡沫。
「那真是抱歉了，裘德，老太婆要讓你受委屈了！」
那道聲音突如其來，希亞嚇得愣在原地，遲緩地轉過頭去，她一望見聲音的主人，全身起了雞皮疙瘩，愣在原地。
相較之下，裘德從容許多，還大聲抱怨著。
「唉唷！我不是說過要妳別嚇人了！」

不過聲音的主人可沒有退縮，反倒是用力瞪了下裘德後，轉向看往希亞。

「妳幹嘛像個傻瓜發愣？像隻腦袋空空的笨鴿子，我最討厭鴿子了，牠們長得一副愚蠢的樣子，只會前後搖晃地咕咕叫著。」

聲音的主人不停抱怨著鴿子的眼珠和皮毛又是多麼討人厭，然後盯著還在驚恐之中的希亞，絕望地說道：

「然後我現在竟然要跟一個長得跟笨鴿一樣的孩子，一同生活一個月，我真是太倒楣了。」

希亞收起驚嚇的表情，開口說道：

「一同生活？跟我嗎？所以妳就是雅歌？」

「沒錯，我就是雅歌，還會有誰是雅歌？看來妳不只是看起來像笨鴿，腦子也跟笨鴿一樣笨。」

雅歌朝著希亞揮了揮手，彷彿第一次看到這麼愚蠢至極的生物。但是希亞卻無法將眼睛自雅歌身上轉移，雅歌身高與十六歲的希亞差不多，而且希亞還是同齡孩子中身高較矮的類型，雅歌的臉占據了身高大約一半左右，老實說，希亞從未看過如此醜陋的臉龐。

她有一頭完全看不出何時洗過的深黑色頭髮，以完美的分線被區分至頭部的右側並綁起，雙眼像頭發狂的猴子眼睛，下方有著一個碩大又彎曲的鼻子，那副猶如香腸般的厚嘴唇間，有著一排尖銳的牙齒，下巴宛若是自臉部下方突起的懸崖，比例十分怪異。

更加詭異的是雅歌的衣著，雅歌穿著與自己的外表完全不合襯的粉紅色洋裝，洋裝縫上許多飄逸的蕾絲邊與巨大的粉色蝴蝶結，看起來似乎很妨礙行動，她粗壯的脖子上掛著誇張的珍珠項鍊，頭上的髮飾（如果能稱之為髮飾的話）有著一枚蝴蝶結髮夾。

雅歌驚人的外貌與衣著使希亞看得出神，不過隨即又因那道粗獷嘹亮的聲音拉回現實。

「希亞！妳待在我地下室的這段期間，就跟裘德共用一間房。」

雅歌喊得相當大聲，原本安靜的裘德突然出聲抗議。

「什麼！妳是不是忘記了，我已經長大了，是個快要成年的男生，怎麼可以跟女生……」

「所以怎樣！男女共用一間房又怎樣！如果其中一方沒有奇怪的幻想，哪會發生什麼事！」

裘德雖然想繼續爭辯，不過因為雅歌的最後一句話，讓他不得不閉上嘴巴，雅歌眼見自己的勝利，露出驕傲的微笑。

裘德無法繼續出聲抗議，卻看得出一臉不滿，他嘟著嘴，正要走進房間，卻被雅歌大喊叫住，「裘德！你的工作還沒做完，想跑去哪裡！」他隨即嚇得將手上提著的生活用品交給希亞，奔向雅歌。

裘德出了門替雅歌辦事，房間裡只剩希亞與雅歌兩人，希亞不時窺探著雅歌的臉色，最後打破沉默問道：

「請問，妳是怎麼知道我的名字的？」

其實希亞已經好奇很久了，雅歌明明是第一次見到希亞，卻沒有開口問就知道希亞的名字，甚至也知道她要在這裡待上一個月的事。

雅歌沒有回答希亞的問題，反而是露出她那一口嚇人的牙齒，彎起費解的笑容，發出像是小孩忍著笑意的咯咯笑聲。

她用戴著粉色巨大戒指的粗壯手指，摸起一隅書籍堆裡的小東西，希亞盯著那個物品看，那是顆圓形球體，那個翠綠晶瑩的球體裡，似乎有什麼若隱若現，浮現出像似煙霧般的事物。

「水晶……球？」

希亞驚奇不已，雅歌點點頭。

「沒錯，我能透過水晶球看見一切，它是我的眼與耳，這是我的寶物二號。」

「寶物一號是什麼？」

「那就是秘密了。」

雅歌嗤笑起來，那副笑容奇怪地像某盞燈在不適宜的地方被點亮。

雖然希亞不知道寶物一號是什麼，但被眼前的奇妙物體吸引得目不轉睛，瞬間她的腦海閃過一個想法，抬頭望向長相醜陋的雅歌。

「如果水晶球是妳的眼耳，那妳不就無所不知了？」

希亞下定決心，直直盯著雅歌的雙眼。

「那妳一定也知道能治癒哈頓的其他解藥吧。」

兩人陷入一陣長長的沉默。

雅歌的臉宛如岩石般堅硬，不過很快地，她臉上的肌肉一條條開始抽動，嘴角緩慢上升。

「知道，我當然知道。」

希亞因雅歌的回答突然緊張起來，腹部似乎也跟著抽搐。

若能找到解藥，自己即能回家，即能逃離哈頓恐怖的魔掌，一想到這裡，內心著急起來，對著雅歌大吼。

「求求妳告訴我！」

老女巫卻毫不在意希亞的殷切，自顧自地笑著，隨著雅歌猖狂的笑聲，希亞的耐心像洋蔥般一層層被剝去。

「不要一直笑，趕快告訴我！」

當希亞大聲斥吼，雅歌雖皺起眉間，但嘴角的笑仍沒停止。

「原來妳不只是像鴿子一樣有顆笨腦袋，還是個連基本禮儀都沒有的臭小孩啊！這是拜託別人的態度嗎？」

雅歌的雙眼冒火，憤怒盯著希亞，原本就嚇人的瞳孔變得更加恐怖。希亞見狀趕緊改口，用謙遜的口吻向她道歉，如果雅歌真的知道解藥的下落，那就不能使她動怒。

「對不起，因為我太心急了才會……」

「太心急……？這是什麼不像話的藉口！妳沒聽過欲速則不達嗎？真是頭笨鴿。」

看到雅歌無視自己的道歉，更使希亞感到生氣，但她仍壓抑自己的心情，讓自己理性分析眼前狀況，雅歌看起來沒有要讓希亞看水晶球的意思，又加上現在時間已經很晚了。

「時間已經很晚了，妳不休息嗎？」

雅歌看似不想再理睬希亞，過了一會兒又露出讓人難受的笑容回答她。

「妳這頭腦簡單的小傢伙，不知道水晶球的使用方法的話，是沒辦法看到所想事物的，我勸妳還是打消想自己偷看的念頭。」

希亞的想法被看得一清二楚，使她啞口無言，雅歌一臉譏諷地看著她接續說：

「而且妖怪是夜行性動物，從日落到日出前四處活動，直到太陽升起才入睡。」

難怪即使是凌晨時分，外面的妖怪還是絡繹不絕，希亞抵擋不住疲倦，不安地問向雅歌。

「那代表……在早晨來臨前我都要醒著嗎？」

希亞雖然才抵達餐廳幾個小時而已，不過經歷了過多事的她，倦意不時湧上，隨時都可以倒頭大睡。

「……懶惰的傢伙，長得像笨鴿，腦子也跟笨鴿一樣。妳想要現在睡也沒關係，反正妳也還不是餐廳的正式員工。」

雅歌用粗壯的手臂，一下子就將希亞推去一側牆邊的階梯，然後大力打開裘德的房門，把掙扎的希亞粗魯地扔進房間。

「幹嘛拖拖拉拉的？不要浪費我的時間，趕快進去！」

雅歌用力吼著可憐的希亞，隨後將門使勁關上。

陽光自陽台照進，輕柔撫在臉頰上，溫熱的觸感使她睜開雙眼，那是不會太過強烈的傍晚紅霞，半夢半醒的希亞自從來到這裡，只見到冰冷的月光，對現在迎面而來的陽光感到格外欣喜，即使睡醒了也不想起身，只想躺在原地盡情享受陽光。

在她享受完陽光後，用左手摸著眼眶周圍，卻傳來一陣刺痛，使她收起手，那是昨晚凌晨強制被推進裘德房間後，獨自哭了許久的痕跡。

她最後哭到累得睡了過去，比起害怕不安，她更想念家人，雖然路易說這裡的時間概念與原先的世界不同，不過對於父母的擔憂和自責仍油然而生。

希亞後悔當時因為不想搬家和媽媽鬧脾氣，倘若知道那是最後一次與家人相見，絕不會與他們爭辯，這一切不過只是一天以前的事，回想起來卻像好久好久以前的事。

她輕咬著下唇起了身。為了回到父母的身邊，自己必須在這裡存活，她坐在床上，挺起身子，然後用力站起，因為太過快速站起身，使得一陣暈眩覆蓋眼前，希亞扶著額頭，環顧房間，昨天凌晨因為太過疲倦，沒心思留意房間內就躺下了。

裘德的房間雖然窄小又簡陋，但卻溫馨整齊，看得出來裘德比雅歌愛乾淨許多。地板乾淨無灰塵，牆上掛有幾個木製櫃子和衣櫥，還有一個樸素的小時鐘。

「嗯啊……呼嚕嚕……」

正當希亞環顧房間時，背後傳來一陣奇怪的聲音，她趕緊轉向背後，看到窩在角落的裘德。

「嗯嗯……哼嗯……」

裘德在睡夢中開合著嘴唇，含糊說著夢話並翻身，希亞看著裘德出神，雖然整晚因恐懼與罪惡感而難受，不過睡得不好的原因，也是因為裘德。

做完工作直到早晨才回房睡覺的裘德，一打開門望見正在房內熟睡的希亞，驚恐地發出一聲「啊！」希亞也被他的叫聲嚇醒，裘德嚇得要將她拖出房間。

希亞趕緊提醒裘德，是雅歌要求自己與他同住一間房，裘德這才回想起並冷靜下來，兩人才得以好好入睡，只不過裘德不曉得是故意還是習慣，一整夜都嘟噥著夢話。

「希亞這傢伙！竟然要跟我擠同一間房！這是我自己的房間耶，哼哼……」

看來裘德到了傍晚還在碎碎念，希亞嘆了一口氣，想到自己要與這種壞習慣的人共用同間房一個月的時間，只能搖搖頭。

希亞自莫里波夫人那裡拿到的衣服中挑了一件出來，走出房間，她昨天直到凌晨都在各處奔波，衣服與頭髮已經飄散著汗味。

她記得走下地下室時，曾瞥見過洗手間的存在，她走下幾階樓梯看見那座洗手間。地下室冰冷的氣息使她打了個寒顫，她走進洗手間狹隘的門。

整間洗手間出乎意料地設備完善，甚至還有淋浴間，看得出來些許老舊，卻應有盡有，櫃子裡有著洗髮精、沐浴乳，甚至還有身體乳液。乳液旁有一張發皺的小紙條，希亞一讀紙上的字，馬上就知道為什麼這間浴室能保持得宜了。

雅歌，拜託妳不要把浴室用得髒兮兮，不然我就不幫妳打掃浴室了——裘德

讀著紙上歪斜的小字，希亞不自覺露出微笑，打掃浴室是件多麼麻煩的事，讓高高在上的雅歌也不得不聽裘德的小小威脅。

打開水龍頭，所幸冒出了溫熱的水，她澆淋著熱水，將身上積累的疲倦一一洗去，洗完澡後，她拿起掛在吊鉤上的毛巾，將身上水氣擦乾，曾被汗臭與髒汙覆蓋的身軀，如今清爽不已，掛著水滴的頭髮，飄逸著淡淡的草莓香氣。

希亞的心情輕鬆許多，她換上自莫里波夫人拿到的衣服，隨後走出浴室，她看見雅歌還在睡眠之中，鬆了一口氣，然後走向裘德的房間，裘德已經起床，正在整

理被子。

「洗完澡的話，一起過來整理，我來摺被子，妳把窗簾拉開。」

裘德轉頭望向希亞冷冷地說道，希亞點點頭，掀開破舊的窗簾，用一條帶子將其勾在掛鉤上。陽台僅用低矮的欄杆圍成，不過擁有寬闊的視野，仍稱得上是個溫馨的陽台。

希亞走過窗簾，踏上陽台，她沒想到這裡能一眼飽覽餐廳與庭園的景致，此時摺完棉被的裘德也走向陽台，看著正在讚嘆風景的希亞，神氣地說：

「怎麼樣？很美對不對？」

看著擺弄架子的裘德，希亞也笑了出來。

「對啊，真的好美。」

希亞誠實說出內心感受，使得裘德笑得更開心了，希亞露出了久違的微笑，這才發現原來裘德是刻意要讓自己拉開窗簾，才能發現這幅美景。

裘德的房間正是剛走進地下室之處，所以與庭園的高低落差不大，因此坐在陽台上彷彿來到庭園。顏色鮮豔的花朵包圍著希亞，香氣交融於春風中，拂過還帶著水氣的髮絲，彷彿也吹散了希亞心中糾結纏繞的一角。

此時她看到妖怪們正走過橋墩，往餐廳而去。

「那應該是要來餐廳的客人吧。」

希亞看見妖怪回想起自己在這裡的目的，她盯著庭園開口說道：

「裘德，雅歌的水晶球……」

希亞留心著裘德的反應。

「你知道要怎麼用嗎？」

昨晚因為鬥不過雅歌，無法繼續多問。不過水晶球是希亞目前唯一的線索，當希亞問起其他解藥時，雅歌臉上閃過的那道微笑，使希亞相當在意，希亞對裘德投向期待的眼神。

裘德聳聳肩。

「如果我知道要怎麼用，早就偷看了。」

希亞聽見裘德的回答，按捺著失望，繼續泰然問道：

「你也有想透過水晶球看到的事物嗎？」

「當然了。」

希亞轉頭，將視線放在外頭絡繹不絕的妖怪。

「會有妖怪知道怎麼使用水晶球嗎？」

她回想起昨晚遇見的每個妖怪。路易、哈頓、莫里波夫人、麵粉之房的淘氣怪、酒鬼，她想不出來這其中有誰具備看水晶球的資格，不過似乎漏掉了誰。
她再度仔細回想昨晚的片片刻刻，然後突然靈機一動。
「莉迪亞呢？」
希亞看著裘德，裘德則不知所以地看著希亞。
「！」
希亞清楚記得在莫里波夫人房內聽到的關於莉迪亞的事情，那時占據耳膜的響亮哭聲更是難以忘懷。
「莉迪亞跟雅歌都是女巫的話，那不就有可能知道水晶球的使用方法了。」
裘德好似在思考希亞的話，緊皺著眉頭，望向半空，然後露出下定決心的表情，以堅定的眼神看向希亞並開口。
「我們去找莉迪亞。」

5

莉迪亞的真實面貌

雅歌仍在熟睡，躡手躡腳走出地下室的希亞與裘德，往上前往莫里波夫人管理室的樓上，外面一頭頭睡醒的妖怪開始活動，為餐廳開門營業做準備，橘黃色的燈光逐一點亮，料理室的煙囪冒出氤氳與食物香味。

尋找莉迪亞不會太難，一接近管理室，樓上傳來的尖銳哭聲就刺痛著耳朵，兩個人不約而同地跟隨著聲音踏上樓梯。

希亞與裘德走上樓梯，拐進轉角，走進歪斜的走廊，此時那陣哭聲卻猶如捉弄人似的瞬間停止，周圍的空氣靜如死海，希亞和裘德在原地等了一陣子，遲遲沒聽見莉迪亞的哭聲。

焦急環顧四方的裘德，再也忍不住終於開口。

「再等下去，我會遲到的，當雅歌要我跑腿時，發現我不在，她會發火。」

裘德靠近希亞，心急地說：

「我們分頭去找吧，這裡的房間不多，一間間進去就能馬上找到了。」

希亞點頭同意，兩人說好從左右側分別尋找，希亞看著裘德開起某間房門後，她也緩緩轉動另一側的房門。

現在的時刻還不到入夜，不過房間裡已經一片漆黑，空氣冰冷得像是掛滿冰柱般寒冷凍結。突然驟降的溫度，使希亞抱著雙臂微微顫抖著。她張望眼前這間房間，房裡空蕩無物，甚至連一扇窗都沒有。

「有人在嗎？」

希亞鼓起勇氣出聲問道，不過卻沒有任何回應。

失望的希亞轉身正要走向房門，此時卻有一陣風快速穿過她的身邊，當那陣風碰觸到皮膚時，她停下了原先伸向門把的手，整個人彷彿木雕人形般僵硬，然後緩緩將手放回身體兩側，此時她的心臟正快速跳動著。

這間房明明沒有窗戶，房門也是關閉的狀態，那麼這陣風是從何吹來的？希亞的髮梢不斷飛揚，當希亞像木頭般停止動作時，那陣風猶如嬉戲般在她身邊盤旋，風不停在她四周快速捲動。

「停下來！」

希亞大聲吼叫，那陣風竟然應聲止息，她緩緩轉向身後。

在她面前是一個體型嬌小的女孩，女孩將手放在雙膝上坐著，看起來頂多十二歲左右，小女孩有著一身白嫩的皮膚，頭上頂著橘紅色的捲髮，浮腫的眼眶看得出來是因為哭泣而致，不用多說就能一眼知道她是誰。

「……莉迪亞？」

希亞彎下腰與小女孩對視，那雙如紅寶石般的瞳孔也看著希亞，她的眼神清澈如星，充滿好奇心與天真純潔。

「妳好。」

希亞溫柔地問候她，不過莉迪亞卻毫無反應，希亞留心著莉迪亞的神情，不過不知道她是害怕還是害羞，莉迪亞的表情依舊無動於衷。

別無他法了，希亞再次開口，為了挑起莉迪亞的反應，她這次問道：

「這裡怎麼這麼暗？」

這間房與外頭燈光鮮明的餐廳不同，沒有一扇窗戶，彷彿全然與世界隔絕，房裡漆黑的程度，讓希亞也訝異怎麼能在這種光線下看清楚莉迪亞的表情。

莉迪亞終於張開那細小的嘴唇。

「因為我喜歡黑暗。」

小女孩的聲音乾淨細柔，她仍盯著希亞。

「黑暗可以阻擋他人的視線。」

這句話絲毫不像是十二歲小孩會講出來的話，希亞小心地措辭問她：

「黑暗不只是遮住妳討厭的事物，也會遮蓋妳想要看到的事物，那要怎麼辦呢？」

莉迪亞聞言，舉起她纖細的手指，指向希亞，更正確地說是指向希亞的身後，希亞往後看去，看到了幾隻在空中縈繞的螢火蟲。

「那些螢火蟲不是普通的螢火蟲，他們可以找到我想看到的事物，並提供我光亮，使我看見。」

希亞看著那些螢火蟲，房間裡只有希亞與莉迪亞，還有這幾隻螢火蟲，與整間房間的黑暗相比，螢火蟲孱弱的火光根本微乎其微，看得她有些難受，然後她往瀉出些許光亮的門縫看去，想起也在尋找莉迪亞的裘德。

「妳等一下，我很快就回來。」

希亞隨即走向門邊，她想呼喚裘德一起過來。但當希亞移動腳步時，莉迪亞拉住了她的衣袖。

「不要走，留在這裡跟我玩。」

莉迪亞輕聲哀求她，不過希亞認為應該先讓裘德知道自己在這裡。

「一下下就好了。」

希亞轉頭望向莉迪亞，此時小女孩低著頭，像是隨時都會大哭般鬧著脾氣，眼眶已經積滿淚水，希亞趕緊低下身，想要安慰莉迪亞，但莉迪亞不顧她的安慰，將頭狠狠別開。

「結果連姊姊也要離開我嗎？」

莉迪亞的聲音雖然還是清脆，卻聽得出來開始鬧彆扭，希亞還沒來得及意識到接下來可能會發生的事，那副恐怖的場景隨即在她眼前上演，一陣孩童的哭聲在莉迪亞的頭上猶如喇叭般高響起。

莉迪亞的表情瞬間轉為冷酷無情，那道哭聲愈來愈大，奇怪的事不僅如此，那道哭聲尖銳如刃，刺痛著希亞的耳朵，莉迪亞的表情逐漸扭曲，像發皺的紙張，整張臉變形歪斜。

那道哭聲結合了天真小女孩的笑聲，竄入希亞的耳膜，莉迪亞的臉龐已經變形致無法辨識，不久前還是純潔的小女孩，如今已經變成禽獸的兇猛表情，融合笑聲與哭聲的巨響從四方襲來，即使希亞盡力摀住耳朵卻沒有用，那道聲響似乎不是由耳朵鑽進，而是直接在腦海裡轟隆作響。

莉迪亞的臉變得慘不忍睹，原先白皙的皮膚長出野獸的皮毛，大而閃亮的雙眼變形為發狂猛獸的瞳孔，希亞驚愕地張開嘴，不知該如何是好，莉迪亞已經不再是可愛的小女孩，而是一頭怒火難遏的獸。

那副飢餓、充滿欲望的雙眼直直穿透希亞，嚇得手足無措的希亞不知該看向哪裡才好，莉迪亞原本的五官皆已變形移位，黝黑粗糙的毛髮所覆蓋的身軀不停扭動著，希亞恐懼地向後退。

莉迪亞憤怒地高聲咆哮。

「不要走，留下來跟我玩！」

可怕的是即使變成了怪物，莉迪亞的聲音還是維持如一，那聲清脆、年幼的口音自野獸扭曲的臉孔說出，使希亞更加恐懼萬分，她拖著顫抖的身子試圖步向門口，什麼水晶球都已經拋在身後，此時從這裡逃出去才是最重要的事情，她急忙朝向門把伸出手。

只不過在她碰到門把前，一道冰冷的狂風就將她的手打去，雖然她不放棄地再度伸出手，但是莉迪亞仍比她快速，將她的求救用冷風捲去。

萬念俱灰的希亞轉過身，莉迪亞一邊嘴角上揚，露出得意的笑容。

「妳出不去的。」

希亞全身起了雞皮疙瘩。

「讓、讓我開門。」

她用雙手緊緊握住了門把，苦苦哀求那頭獸，這時希亞指望的那道門後，傳來一陣敲門聲。

「這是怎樣？怎麼打不開！」

那道宛若奇蹟的熟悉嗓音傳來，面對突如其來的陌生聲響，莉迪亞害怕地退後一步。

原本一同壓在門上的兩人皆退後一步，房門被碰的一聲大力打開，目瞪口呆的希亞和莉迪亞共處在沉默之中，裘德一臉不明所以地走進房間，希亞看向莉迪亞，此時莉迪亞已經變成剛才那個天真的小女孩模樣。

希亞發現莉迪亞盯著裘德看時，耳邊沾染上一層嫣紅，當她還在困惑其涵義時，裘德對著希亞大聲抱怨道：

「妳找到莉迪亞要叫我啊，還讓我自己在外面昏頭轉向地到處開門。」

裘德絲毫不知道不過幾秒前所發生的驟變，他淡然地看向莉迪亞問道：

「妳就是莉迪亞吧？我有事情要問妳，妳知道要怎麼使用雅歌的水晶球嗎？」

希亞端詳著莉迪亞的神情，一眼就能看出莉迪亞對裘德持有好感，說不定真的能讓裘德問到他們想要的答案。

莉迪亞緊盯著裘德，爾後開口說道：

「我知道，我可以告訴你。」

聽見莉迪亞的回答，希亞與裘德的臉上浮現久違的血色，不過接下來的話卻讓他們很快就收起欣喜的神情。

「不過如果你們想知道使用方法，就要跟我玩。」

希亞以為裘德會就此放棄，要求要回地下室，沒想到雖然嘟噥了幾句後還是答應了她。看著裘德答應莉迪亞要與她一起玩海盜遊戲的模樣，希亞不禁好奇裘德想透過水晶球看見什麼，正當她陷入沉思時，被裘德使以眼色，要希亞趕緊配合莉迪亞的遊戲。

就這樣他們三個人開始玩起海盜遊戲，輪流擔任船長、船員與俘虜，搭上假想的船隻，出發前往尋找寶物之旅。

他們玩了好一陣子，莉迪亞卻看似沒有想停下來，告訴他們水晶球的用法。最後忍不住的裘德，脫下取代海盜帽子的鍋子，對著莉迪亞說：

「妳老實說！妳是不是根本就不知道水晶球的用法，只是因為無聊所以騙我們跟妳一起玩？」

希亞擔心莉迪亞會不會因為裘德的喝斥再度變身為野獸，焦急地看著眼前的情況，所幸在喜歡的裘德面前，莉迪亞似乎沒有要變身的跡象，反倒是看著發火的裘德，淚眼汪汪地說：

「我們不是玩得很開心嗎？再跟我繼續玩吧，你們如果離開，我會很無聊。」

聽了莉迪亞的話，希亞感到一陣虛脫，原先的渺小期待再度落空。裘德生氣得大聲斥責，甚至連口水都噴了出來。

「什麼？妳還真的不知道？我的天哪……不能再玩了！我還要去幫雅歌幹活，沒有時間跟妳耗。」

生氣的裘德拉著希亞就要走出房間，希亞見狀也趕緊跟著裘德往走廊而去。

莉迪亞緊黏他們不放，猶如風一般的速度追趕他們，耍賴說著自己有多無聊，無論希亞與裘德怎麼說服她或是以怒相待，莉迪亞都眼眶泛淚不願鬆手，眼看莉迪亞似乎要跟著他們到地下室，他們只好如她所願，再玩一次海盜遊戲。

「這次換妳當俘虜。」

擔任船長的裘德把莉迪亞放在清掃用具的櫃子裡，希亞哀怨地心想為什麼自己要玩這種小孩子的遊戲浪費時間，看著拿起掃帚當作刀子的裘德與莉迪亞。

裘德說這次要認真玩，邊說邊用繩子緊緊綁住開心的莉迪亞，然後對被五花大綁的莉迪亞說：

「好了！」

裘德猛然轉向看著希亞，對著希亞用力地使眼色，希亞看得出來那對眼神想暗示她什麼，在她回答前，裘德大聲地說：

「我們走！」

察覺到裘德真正意圖的莉迪亞放聲大叫，希亞一動也不動地站在原地，裘德聳聳肩，看似沒什麼大不了的。

「別擔心，再過不久就是雞蛋時間，那時候會有幾顆勇於冒險的雞蛋不去料理室，而是到處閒晃，一定會有雞蛋來到這間倉庫發現她，我們趕快走吧，否則要遲到了。」

雖然希亞心中納悶著，那麼小的雞蛋要怎麼解開粗厚的繩索，不過想起這裡的雞蛋有著兩條細小的手臂，也就點點頭順從了裘德，雖然對於莉迪亞感到愧疚，不過也無法永遠因為小女孩的執著而浪費時間，希亞想像解開繩索的雞蛋，帶著歉意與裘德離開了倉庫。

莉迪亞憤怒的哭喊聲在身後響起，月光穿過走廊上的大窗照射進來，兩人快速奔向雅歌的地下室。

6

水晶球的秘密

「站住！」

當他們一踏進地下室，隨即被雅歌響亮的斥吼叫住。

他們轉過身，看見雅歌的頭埋沒在書堆裡，整臉漲紅，投來一道嚇人的目光，希亞與裘德被她的眼神震懾地不敢動作。

「跟笨鴿一樣的傢伙們！膽敢翹班？要配送的藥品都堆得跟山一樣高了！」

雅歌的高聲怒罵充斥著兩人的耳邊，希亞最後還是對雅歌說出實情。

「我們是為了知道水晶球的使用方法才跑出去的。」

雅歌像是早已知道似的，沒有任何的表情變化，希亞這才看到一旁的水晶球，想到身為女巫的雅歌，早就知道自己的一舉一動，雅歌用鼻子呼了一口氣，稍微鎮靜了一會後說道：

「這世界上仍有水晶球看不到的東西，解藥就是其中一項，如果真的有其他的解藥，當初就不會把妳帶來這裡了。」

希亞聽了雅歌的話，整顆心像是艘翻覆的小船，在冰冷的大海中沉沒，希亞原本認為水晶球是尋找解藥的唯一線索，雅歌兇惡的表情，看起來並非是謊言。

這時希亞想起雅歌親口說過，自己知道解藥的下落，正想開口追問時，卻被雅歌狠狠地責備。

「妳別把時間浪費在沒有意義的事物上，我勸妳從其他地方開始找比較好，妳最珍貴的就是時間。」

說完話的雅歌把需要配送的藥品全都丟給裘德，並把他趕出門外。

希亞無話可說，只好跟著裘德走出地下室。門外的橘黃色燈火和螢火蟲將夜空點綴得繽紛亮麗，他們在翡翠色的階梯間來回穿梭，櫻花花瓣迎接著他們的去路，將黑夜渲染上一抹粉色。兩個人肩並肩走著，不過心情卻開心不起來，他們幾個小時前才被莉迪亞纏著玩了好久的遊戲，一天才剛開始不久，就已經疲憊不堪，再加上關於水晶球的線索也一無所獲，讓人提不起勁。

沉默多時後，裘德不經意地開口，打破這份令人憂鬱的寧靜。

「我的耳朵要痛死了。」

然後又抱怨著雅歌好一陣子後，大力地嘆了一口氣，並將手放進口袋，卻又迅速地抽了出來，好像口袋裡有尖錐似的。

「你怎麼了？」

希亞這麼一問，裘德再次將手伸進口袋，然後伸出握住某物的手。

他打開手，手心閃爍著點點光亮，那是一隻尾巴亮著火光的螢火蟲。

「我剛才從莉迪亞那裡抓了一隻螢火蟲。」

裘德調皮地笑著，再次將螢火蟲放進口袋。

「說不定以後會需要啊！也可以跟它玩。」

希亞一臉要他趕緊放了螢火蟲，裘德只好急忙解釋，希亞看著裘德翻了一圈白眼，不久後開口問道：

「裘德，你想用水晶球看見什麼？」

她自從裘德一口答應莉迪亞玩海盜遊戲時就已經很好奇了，究竟是為了想知道什麼事情，願意不惜耗費時間呢？

裘德沒有一絲猶豫，直接了當回答道：

「我想找到變強壯的方法。」

裘德出乎意料的回答讓希亞直盯著他，裘德在希亞的眼中已經足夠強壯了，雖然她想進一步仔細問原因，不過這像是個不方便繼續質問下去的問題，她只好收起好奇心，兩人陷入一陣尷尬的沉默。

希亞為了化解尷尬的氣氛，在腦裡思索著其他話題，可是用不著希亞開口，她肚子的咕嚕聲就已打破沉默，希亞尷尬地窺探裘德的臉色，裘德笑得很開心。

「看來妳餓了啊？」
希亞只好乖乖地點頭，自從昨晚被帶來妖怪島後，她連一餐都沒有吃，裘德看出希亞的心思，指向外側左方的樓梯。
「我知道一間賣好吃食物的餐廳，我特別告訴妳，妳去茶之房看看吧。」
「茶之房？」
「沒錯，雖然我本來只吃雅歌給的食物，但嘴饞想吃點特別的東西時就會去那裡。」
讀出希亞擔憂的裘德，拍拍她的肩說道：
「妳別擔心，那裡不僅有妖怪的食物，還有供應人類可以吃的食物，在茶之房能吃到各式各樣的美食。」
裘德繼續替雅歌配送藥品，希亞則是按照裘德所指的方向踏上階梯，希亞走在錯綜複雜的路上，回想著裘德所說的路線，此時腳邊傳來一陣聲響。
「小姐，妳可以過去一點嗎？」
希亞被突如其來的聲音嚇得失去重心，差點踩到他。
「喂喂喂！就叫妳小心點了，差點要踩到我耶，我裡面還抱著美麗的蛋黃，注意點！」

希亞低頭望向聲音的來源，在橘紅色燈光下隱約看到一粒粒的雞蛋們，那些小雞蛋猶如昨天在麵粉之房所見，上頭緊密地湊著五官和手臂，他們用圓滾的眼睛不悅地看著希亞。

「啊，抱歉。」

希亞急忙向雞蛋們道歉。

走廊上漸漸湧入許多雞蛋，就如裘德所說，今天的「雞蛋時間」已經來到，希亞想到這些雞蛋能替莉迪亞鬆綁就安心不少。她小心翼翼地抬起腳，靠往牆壁，盡可能地不踩到這些脆弱的生命體。

很快，地板上就擠滿了努力滾動的雞蛋們，眼前壯觀的場景像是場野生動物的大遷徙。

希亞突然靈機一動，向雞蛋們問道：

「請問你們知道茶之房在哪裡嗎？」

希亞拉開喉嚨，用走廊上所有雞蛋都能聽到的音量大聲喊著，雞蛋們聽到她的問題，無不大聲笑著。

「當然！為了用最快的速度找到需要我們的料理室，我們必須熟知這裡的地形！」

當希亞開心地正要開口再次提問時，另一端傳來一道高喊。

「茶之房是我們正要去的房間！就在旁邊了！」

她望向聲音的來源，不遠之處，有群興奮的雞蛋們對她揮揮手，敲了敲房門。

希亞為了不踩到雞蛋們，不時留意著腳邊，走上前，與門前已經聚集成群，喧喧嚷嚷的雞蛋們一同打開了門。

一打開門，香甜的食物香氣撲鼻而來，輕柔貼在她的嗅覺之上，整間房間是淡柔的象牙白色調，牆紙畫有淺粉色的花紋，正前方有著一座壁爐，燒得劈啪作響的柴火溫暖了希亞的身子，房中央擺放一張長方形的長桌，上頭滿是可口的佳餚。

希亞著迷地走上前，長桌鋪上奶油色的桌巾，雞蛋們為了閃避桌面的餐盤爭相推擠彼此，希亞仍目不轉睛盯著餐桌上的食物。

「好久沒有客人來訪了呢。」

身後傳來一陣女高音般的悅耳聲音，清脆高亢，希亞原以為整間房只有自己與雞蛋們，而嚇了一跳。迎面而來的是兩位長相奇特的中年女士。

其中一名身材高挑，體型纖細，捲曲亂翹的頭髮透出紫色光澤，額上覆蓋著些許瀏海，眼角因笑容瞇成了彎月形，看上去是位親切的鄰居阿姨。

不過若是鄰里間有這樣一位長相的阿姨，孩子們大概會嚇得倉皇失措，因為她的頸部，應當是脖子的位置，以一根管子替代而之，希亞使勁眨著眼睛，看了好幾眼，確定那真的是一根管子，並且這位阿姨的奇特樣貌不僅如此。

擁有一頭紫色捲髮的她，畫著濃烈的眼妝（眼睫毛塗得跟手指一樣長），深邃的眼神增添幾分神秘感。其衣著也格外獨特，葉綠色的禮服銜接著黑色網紗的衣袖，呈現出華麗玄奇的氛圍。

希亞轉頭看向另一位女士，她比起管子夫人平凡許多，身形較顯嬌小圓潤，穿著一身淡粉色的浴袍，將自己圓滾滾的身軀緊緊包覆，像是剛淋過浴般透著水氣，一頭濕潤的金髮還帶著幾捲髮捲，眼角上揚的長相，似乎是有些挑剔刁鑽的個性，讓人感覺像是另一個莫里波夫人。

快速打量一遍眼前的兩位女士後，希亞正打算開口打招呼，不過帶著濃妝的管子夫人卻率先開口，露出溫暖的微笑說道：

「妳就是大家所說的那個人類女孩吧？那雙宛如澄澈鏡面的眼神已經傳達了，妳不是屬於這裡的人……」

她的嗓音猶如棉花糖般甜美芬芳，自管子內震盪、由喉間洩出，優美動人如聲樂家的歌聲，希亞聽得入迷，甚至忘了回答，愣在原地看著管子夫人，夫人溫暖一笑，接著說：

「這雙乾淨無染的眼滿溢好奇，惹人憐愛，踏遍妖怪的世界，找不到第二雙如妳一般的雙眸，因為我們一誕生，所見之處皆是凶神惡煞。」

管子夫人一開口，像那黃鶯啼叫，能使晨間的霧氣散去，豁然開朗，猶如在管子內演奏樂曲，優美的聲調洋洋盈耳。

「不過妳可別僅因這些事情就感到吃驚，這個世界還有許多比這更加駭人聽聞、殘忍冷血的事情，這裡如同濺血的戰場，無情的事物使一具具冰冷遺體，堆疊得滿坑滿谷，若妳因小事而被擊垮，那麼有天妳也可能成為那些屍體中的一員，被冷落、腐爛、遺忘。」

雖然管子夫人用著動人的嗓音說著，不過內容卻一點也不優美動人，當希亞看著管子夫人出神時，一旁圓滾滾的夫人拿出茶杯，將茶壺內的溫熱茶水注入其中，撥開在旁邊吵吵鬧鬧的雞蛋們，拿起做工精緻的餐具與盤子。

「所以，孩子啊。與我們聊聊天吧，與我們談天，能使妳得到有益處的線索，還能豐富妳的想像力……」

管子夫人繼續哼唱著小調，圓滾滾夫人自五彩繽紛的抱枕中，拿出一張椅子，邀請希亞坐了下來。

「讓渴望食物的欲望得以釋放，讓我所料理的美食，填飽妳飢餓的空腹吧。」

管子夫人帶著笑，切了一大塊草莓鮮奶油蛋糕放在希亞的盤內。

「將妳粗重的負擔拋在身後，享受短暫的悠閒時刻，在這恐懼倉皇的世界，獲得些許美好的回憶。」

圓滾滾夫人將叉子放在希亞的手中，管子夫人繼續高歌。

「我脖上的管子，是我初入此地無心犯錯後，被砍去脖子的代價。因此妳要好好聽我的歌唱，或許在這之中，有能幫助妳的重要線索。」

兩位夫人隨即對希亞介紹起自己，管子夫人面露笑意。

「我是吵夫人。」

圓滾滾的夫人首次開口說道：

「我是鬧夫人。」

兩位夫人如和諧的二重唱，將希亞拉進她們奇幻的茶會之中，然後同時開口。

「歡迎來到茶之房。」

7

茶之房

吵鬧夫人們張開雙手，迎接希亞加入茶會之中，她緊瞧著自己眼前奶油色桌巾上的食物看，無法自拔地吞嚥口水。

由柔滑的草莓鮮奶油包裹的蛋糕；淋有檸檬汁並佐了烤番茄的新鮮雞肉沙拉；彷彿一口咬下，豐富的蘋果內餡就會在嘴中盛開的現烤蘋果派；看起來相當美味並閃閃發亮的布丁；散發奶油醇厚香氣與杏桃醬芬芳的酥脆餅乾，最後是與之相配，還冒著白煙的熱茶。

這一整桌光是用看的就叫人垂涎欲滴。

「快點吃吧，不然要涼了。」

身穿粉色浴袍的鬧夫人用左手護著衣袖，右手則是將一塊方糖放進茶杯，用湯匙攪拌並催促著希亞。她與脖子上有著管子的吵夫人不同，聲音較為低沉磁性。

手中已經握住叉子的希亞，不知不覺動起了叉子，但當她正要切下蛋糕的一角時，朦朧的腦海中倏然一震，她想起那個警告，雙手就此停下動作。

看著希亞就要享用自己所做的料理，興奮不已的兩人也因希亞的停頓而睜大眼睛，希亞放下手中的叉子說道：

「那個……」

不想讓吵鬧夫人傷心失望，希亞謹慎地說：

「聽說，人類如果吃了妖怪的食物，心臟就會腐蝕……」

希亞尾音顫抖，不好意思得只敢用眼角餘光觀察夫人們的表情，不過夫人們卻像是聽到什麼笑話般哄堂大笑，讓希亞一時之間莫名其妙，但是她仍有耐心地等到夫人們笑完。

吵夫人用著猶如女高音的聲樂，自管子內震盪，發出聲音。

「我的孩子啊，妳別擔心，當我們一知道妳要在這裡待上一個月，馬上就替妳準備了人類的食物。這裡的妖怪有時候也會想吃點特別的美食，所以我們也曾料理過人類的食物，再加上這裡的茶品跟妳們世界的茶品大同小異，可以放心喝。」

聽見吵夫人這樣說道，希亞毫不猶豫地直接大快朵頤。自從進入兔子洞窟後抵達這裡，經過一連串的事件，她已經近乎兩天沒有吃任何食物，餓得雙眼發直，腹部不斷傳來要求更多食物的訊號，握著叉子的少女，滿足著原始欲望，忙碌地揮舞著手。

吵鬧夫人們欣慰地看著她。

「孩子，味道怎麼樣？好吃嗎？」

希亞點點頭，又叉了一塊蛋糕入口，夫人們露出滿足的微笑，埋頭於填飽肚子的希亞猛然想起自己尚未打招呼就坐下來狼吞虎嚥，她大口吞下了滿嘴的食物，羞赧笑著。

「真的很好吃，謝謝夫人。」

「能合妳胃口真是太好了，自從知道妳來到這裡，我們為了準備人類的食物，不知道有多辛苦呢。」

吵夫人用那副優美嗓音說唱著，希亞驚奇地問道：

「請問……夫人的脖子為什麼是管子？」

希亞看著管子。

「啊，我的意思不是覺得很奇怪，只是很特別……因為在人類的世界裡不會有這種事情。」

希亞深怕吵夫人會因自己的發問而受傷，侷促地補充說明，不過開朗的吵夫人不以為意，反倒是笑得更開了。

「我原先也擁有正常的脖子喔，只不過像剛才所說，當我剛踏入這裡時被砍掉了。」

吵夫人用冷靜的口吻娓娓道來，笑著啜了一口茶後接續說：

「這是雅歌替我做的補救，妳也知道她是這裡最厲害的女巫，她用這根管子替代了我的脖子。」

「是雅歌幫妳的？」

希亞不敢置信，大聲說出心中所想。吵夫人眨了眨那雙有著濃豔妝容的眼皮，瞇起一道彎月形。

「對了，我都差點忘了，妳住在雅歌的地下室對不對？我了解妳的心情，一想到要跟那個老太婆一起生活……一定需要時間適應的，那個女巫的個性看來就不是會幫人家治療的人，對吧？」

希亞大力點著頭，深表同意，吵夫人輕輕笑了一下。

「我懂，不過既然都這樣了，妳們就好好相處吧，雖然雅歌很愛生氣，衛生習慣又差，但是她還是有不錯的一面。」

「例如呢？」

聽到雅歌有所謂「不錯的一面」希亞完全無法理解此話的意涵，此時換鬧夫人開口回答：

「舉例來說，妳見過袞德了吧？」

「袞德怎麼了嗎？」

面對希亞的好奇，鬧夫人挖了一匙的布丁放進口中，點點頭。

「裘德初次來到妖怪島時，沒有人想錄用他，他跟其他的妖怪比起來毫無特別之處，力氣普通，也沒有多出來的手腳能做事，更沒有傑出的廚藝或打掃能力，他與他人不同的地方只有頭上的兩根角。」

鬧夫人停頓片刻，往茶杯中挹注了些許熱茶，吵夫人眼見對話出現空檔，趕緊接續說道：

「所以餐廳的營業主哈頓大人不願意錄取他。就在此時，是雅歌站出來的。」

吵夫人說到一半，切了塊桌上的派吃，這次換鬧夫人說道：

「雅歌說她願意給裘德差事做，希望哈頓大人能將裘德給她。事實上，以雅歌的能力根本不需要裘德，她如果提出要求，一定能僱用比裘德更會跑腿的配送員，不過她最後還是把裘德留在了身邊。」

鬧夫人說完，用餐巾抹去嘴角沾上的鮮奶油，換吵夫人說道：

「沒有人知道雅歌為什麼要僱用裘德，只是相傳在雅歌兇惡的外表下，內心仍有柔軟的一處，心疼無處可去的裘德，因此收留他。或許正因如此，莫里波夫人認為在妖怪的世界，只有雅歌能收留要在這裡待上一個月的妳，所以決定將妳送去地下室。」

吵夫人結束冗長的說明，希亞卻說不出一句話，此時的她心亂如麻，意外聽到裘德與雅歌的關係，使她陷入思緒之中，吵夫人又再度開口。

「其實我很感謝雅歌給我這根管子，讓我保住一命，雖然這是我身體的缺陷，卻也成為我的獨特之處，倘若不是這根管子，我無法發出優美的樂音，就沒有機會加入路易的表演團了。」

吵夫人面露驕傲說著，當那耳熟的名字出現時，希亞驚訝地打斷她。

「路易嗎？表演團？是那個帶我來這裡的男生嗎？」

希亞難以想像那個能變身為貓咪的冷酷男子，站在舞台上表演的模樣，這次換鬧夫人回答她。

「原來妳不知道啊。沒錯，路易是魔術師，負責魔術表演，最擅長的是撲克牌魔術。他是表演團的團長，大多是餐廳有貴賓來訪，或是哈頓大人無聊時，會由他舉辦表演。」

鬧夫人解釋完畢後，吵夫人合拍地接續講道：

「他的表演團就像餐廳員工的副業，餐廳規模甚大，相對地員工數也龐大，當中必定有善於唱歌跳舞的員工，這些天賦異稟的員工能透過甄選進入他的表演團。」

儼然開啟另一個全新話題的吵夫人，難掩興奮之情。

「我擁有這根管子後，唱功得到大家的認可，成功獲選為團員，真的是很有趣的體驗，站上舞台演出的刺激感讓我深陷其中。」

不過就在吵夫人沉浸在回想舞台感受時，鬧夫人的一聲唾棄打斷了她。

「哼。」

鬧夫人攪動熱茶，喃喃自語。

「但是身為料理師的職務還是比演出重要吧。」

面對鬧夫人的冷嘲熱諷，希亞原以為吵夫人會因此生氣，瞄了一下吵夫人的神情變化，不過她卻不以為意。

「鬧夫人不喜歡我進表演團，因為當我準備演出時，她要自己一個人應付茶之房。」

鬧夫人不悅地轉動眼珠。

「妳說什麼？吵夫人妳竟然有臉敢這樣說，我們可是茶房的料理師，待在這裡與客人們聊天，製作與茶相配的茶點才是我們的工作，如果妳去表演，我就沒有人能聊天，連我原本要做的職責也做不了。」

鬧夫人話中不悅的語氣比起剛才更重，吵夫人也漸漸面露不耐煩，夾在中間的希亞害怕兩人會爭吵，急忙轉換話題。

「看來兩位很喜歡聊天呢，泡茶時也不斷聊著天。」

希亞的緩頰相當有效，眼神尖銳的吵夫人馬上和顏悅色地笑著，鬧夫人也收起情緒，再次恢復生氣。

「那當然了！我們知道這間餐廳裡所有的事情，正確來說，這裡的所有話題皆是由我們這邊傳出去的，無論再怎麼私密的事情，若沒有經過我們的嘴訴說，那麼那件事等於不存在。」

吵夫人用自豪的口氣說道，鬧夫人雖然表情依然維持特有的木訥，不過聲音聽得出來，已經柔和許多。

「我們真的很喜歡聊天，在妖怪餐廳裡發生的大小事，我們無所不知。」

當她們對話的同時，鬧夫人發現希亞的茶杯乾淨見底，她提起茶壺，動作輕緩地將熱茶倒進其中，淡雅的茶香圍繞於空中。

「真有趣。」

希亞手捧著溫熱的茶杯說，熱茶的溫熱穿透杯身溫暖了手心，直至全身，壁爐裡恰好強度的火焰，在薪柴上躍動跳舞，茶之房溫馨舒適，肚子感受到久違的飽足感，再配上一口溫熱的茶湯，希亞將身子癱軟在椅子上。只不過吵夫人、鬧夫人仍精神抖擻。

這次是吵夫人帶著笑開口。

「對啊，很有趣吧。但是比起我們一直吱吱喳喳地說，我們更想聽妳的故事，這次由妳來告訴我們，妳來到此地的冒險故事吧，為了想聽妳的故事，妳不知道我們有多著急，無時無刻巴望著妳上門呢！」

兩位夫人們不約而同投射期待萬分的目光，屏氣等待希亞開口，突然被拱為話題中心的希亞有些不知所措，慌亂地說起她的故事。她們的茶會上又再度盛開另一朵熱鬧之花。

若要尋找世上最適任的聆聽對象，絕對非吵夫人、鬧夫人莫屬，兩位溫柔親切的夫人，有著能融化冰冷人心的溫暖笑容，她們耐心傾聽著希亞的遭遇，每件小事皆給予熱烈的反應。

希亞從被路易引誘至妖怪島的初始開始說起，過程中還不忘罵了路易幾句。當講到哈頓要奪去自己心臟的緊張橋段時，原本專心至雙唇緊閉的兩位夫人，不自覺說出：「我的天啊！」在希亞用妖怪食物威脅哈頓，然後與之達成約定，簽訂契約的過程，夫人們手摀著嘴，面露不敢置信，還伴隨著緊張急促的呼吸聲，百分之百投入在希亞的經歷中，對於觀眾給予如此熱烈的反應，希亞也講得更加起勁。

希亞剛開始因為一下子吃得太飽，就連講話都有些犯睏，可是眼見吵夫人、鬧夫人如此專注在自己的遭遇中，也滔滔不絕地忙碌動著嘴巴。故事接續至簽署完契約後，自己如何跟著莫里波夫人離開宴會廳，然後遇見裘德的情景。並且說了自己在「麵粉之房」和「酒之房」所經歷過的事件，不過卻省略自己如何在這兩間房被趕出來的情景。

希亞那時都是因為提到夏茲的名字，隨即就被趕到走廊上，她怕若是在這裡提起，自己不知道又將會遇到什麼令人心寒的追趕。

因此希亞將夏茲的一切自話中拿除，把其他的事全都一五一十地告訴了夫人們，包括配送完藥品給酒鬼後，自己在飼養室遇見西洛的新奇遭遇，以及在地下室第一次見到了面目兇惡的雅歌，度過一夜後找到莉迪亞，最後就到了這裡，遇見兩位夫人。

這不過兩天的時間，希亞似乎將自己的一生全都傾吐出來，此時有人能傾聽自己這混亂又錯綜複雜的情緒，並給予同理與鼓勵，無非是對她最大的安慰。

說完話的希亞喝了口熱茶，澆潤乾渴的喉間，吵夫人緩緩開口。

「原來如此，妳一定很辛苦，年紀還那麼小，就自己一個人來到這個陌生的世界，妳一定很思念家鄉。」

吵夫人短短一句話道出自己內心的想法，使她心頭一陣澎湃，希亞為了不讓她們察覺自己眼眶的泛紅，將溫熱的茶湯咕嚕喝下，掩飾自己已經紅通的鼻尖。

「我好想爸爸、媽媽，他們一定會很擔心我。」

雖然當她抵達妖怪島的第一天，路易說過這裡的時間與人類的世界不同，不過年幼的希亞已經離開父母身邊第二天了。

吵夫人、鬧夫人用擔憂的眼神看著希亞，希亞嘆了一口氣說道：

「難道沒有方法能讓我回去原來的世界，看一眼爸媽就好嗎？」

語句之中雖然輕柔，卻帶著滿滿的殷切。

夫人們交換了眼神，一語不發地低下頭，鬧夫人抬頭看著希亞，一個字一個字小心翼翼地說：

「……抱歉，只要妳一踏上這個世界，就沒那麼容易回去，就算妳在這裡找到解藥，最後還是要由哈頓大人點頭，妳才能回去，我們無能為力。」

吵夫人也補充說了幾句。

「不過妳別太傷心，妖怪世界跟人類世界的時間概念不同，妳的家人現在還不會發現妳失蹤了，甚至妳在這裡度過一個月後，他們可能都還沒發現，這裡的一個月只不過是人類世界的五分鐘。」

聽到此話的希亞放下心中大石，至少家人們不會擔心自己，不過鬧夫人接續的話，卻又讓希亞身陷恐懼。

「所以妳在尋找解藥時，別一直想著要回到原先的世界，沒有哈頓大人的許可，回去的通道是不會開啟的。要是被哈頓大人知道妳想偷跑回去，他一定會以此當藉口，奪去妳的心臟。」

鬧夫人語畢，啜了口茶湯，希亞此時已經胃口盡失，沒有拿起茶杯，也不再碰餐桌上的蛋糕。

吵夫人見狀，趕緊出言安慰著臉色消沉的希亞。

「唉唷……孩子，別露出這種表情，現在哈頓大人不會傷害妳的。」

鬧夫人也附和道：

「就是說啊，哈頓大人每天都臥床養病，聽說他連起身都很困難，一天起身不到五次，餐廳最大的掌權者日漸虛弱，看來最厲害的人要換成夏茲了吧。」

鬧夫人說完後，驚覺自己失言，睜大眼睛用手緊摀著嘴。

不過已經太遲，從她嘴裡脫口而出的那個名字使希亞猛然抬起頭看著夫人們，吵夫人雖臉帶厚重白皙的底妝，但此時的臉色已經遠比剛才更加慘白。鬧夫人驚慌失措地看著眾人的臉色，方才還在喧譁的雞蛋，全都停下動作，一致望向三人。

「請問……那個叫夏茲的人……」

希亞率先提起勇氣，說出那個名字，在場的所有人無不花容失色。

「是誰……」

「天哪，時間這麼晚了嗎？我們不能再打混了，要趕緊做些茶點了！孩子抱歉，妳先回去好了。」

希亞連話都還沒說完，鬧夫人宛如自彈簧上跳起，甚至還慌亂地放置茶杯，發出清脆的碰撞聲。

「可是我……」

鬧夫人不待她講完整句話。

「不好意思，妳都還沒享用完蛋糕，不過妳真的該回去了，快點。」

鬧夫人急忙將希亞推往門邊，或許出自愧疚，她抓起一把桌上的食物，胡亂塞進希亞的手中。

「把這些也帶回去吧，真的很抱歉以這種方式送妳走。」

吵夫人此時連脖身的管子也慘白不已，整個人僵直得一動也不動，鬧夫人粗魯打開門，將希亞推了出去，然後環顧一下周圍，低頭小聲地跟希亞說：

「孩子，真的很對不起，我太多話了，我就知道自己這張嘴就是禍害！請不要在吵夫人面前再次提起那個名字，吵夫人當初就是不小心講出那個名字，害她被砍脖子的，她現在只要聽見那個名字，就會近乎暈厥。」

希亞連回答的機會都沒有，房門就碰的一聲，重重甩上。

被趕出茶之房的希亞，喪氣地走向雅歌的地下室，她的這一天光是在莉迪亞和吵夫人、鬧夫人身上就花了不少時間，外面的天光漸亮，黎明時分已近。

希亞走下通往地下室的階梯，滿腦子想著夏茲，他究竟是怎麼樣的存在，讓麵粉之房的淘氣怪和酒之房的酒鬼一聽到名字，就不敢繼續多說一句；他又是多麼厲害的角色，可以讓吵夫人被砍去脖子。她邊走邊思考，試想過許多可能性，卻苦無線索。

希亞望見地下室那道破爛的門後告訴自己，現在的情況很難得到更多線索，比起鑽牛角尖倒不如將心思轉往尋找解藥，然後開門走進地下室。

幸好雅歌已經在睡夢中，整間地下室相當安靜，正值黑夜與白天的交際時刻，地下室有些亮光，空氣中特有的濕氣包圍著希亞，她縮起肩膀往裡面走，看見正在打掃的裘德。

「希亞！」

發現希亞身影的裘德，臉上那雙褐色大眼瞬間發亮。

「我等妳好久了！妳要來幫我對吧？雅歌一直罵我，因為剛才翹班，罰我打掃整間地下室。」

雖然希亞在心裡暗自決定要回絕他，但是裘德卻先發制人。

「說起翹班，其實妳也有份，不是嗎？」

既然裘德都這樣說了，希亞也只好挽起衣袖跟他一同打掃，並在太陽升起前結束打掃工作。

天光已亮，希亞漸漸習慣這裡的生活形式，她到洗手間換好衣服，準備進房睡覺。雖然在進房時裘德的臉上還是閃過一絲驚慌，不過很快就想起希亞真的要與自己相處一個月的事實，他要希亞睡在陽台旁的角落，即便那個角落以人類來說太過狹窄，但裘德還是堅持己見。

希亞最後聽話地窩在陽台旁的小角落，當她聽見裘德開始說起夢話後，便躡手躡腳地走向房間裡面鋪有溫暖棉被的一方，昨晚的希亞翻來覆去難以入睡，今天的她卻在和煦陽光的照射下，沉沉睡至冰冷月光貼上臉時，一次都沒有睜開雙眼。

不知不覺，天空覆上一層夜紗，直到月亮高掛在天邊，希亞才醒來，她睜開雙眼，伸了個懶腰，好不容易熟睡一覺的她感到相當滿足。她沒有賴床太久，很快就起身整理被子，開始她的一天生活，一旁的裘德還在空中比劃著手腳，熟睡得很。希亞沒有多理會他，她必須要在今天找到一些關於解藥的線索，一個月的期限已經過去了兩天，她得把握時間，盡快找到解藥。

意志堅定的希亞稍做整理之後，拿著衣服走向洗手間，她對於自己以很快的速度就熟悉這裡的生活感到訝異，她像昨天一樣簡單洗了個澡，換上乾淨的衣服。

濕潤的髮梢飄逸著香甜的草莓香，心情良好的希亞走到地下室破舊的冰箱，裡面有著她昨天從茶之房拿回來的蛋糕與蘋果派，然後上面還有一張寫著「裘德」的小紙條。

希亞不甚在乎，把紙條拿掉後，一手就拿起蘋果派往嘴裡塞，雖然蘋果派冰了一整夜已經冰冷硬化，不過仍可以填飽肚子。

狼吞虎嚥地吃完早餐的希亞，決定要正式開始蒐集關於解藥的資料，當她起身背對冰箱時，與像獅子般打哈欠的雅歌對上了眼，慌張的希亞想要在被發現前趕緊走出地下室，不過雅歌一旦發現目標，是不會輕易放棄的。

「妳想去哪！」

宏亮的斥罵聲響起，那道聲音將正想轉身逃走的希亞緊緊束縛，使她轉身與雅歌相互對視。

「……我要去找解藥。」

希亞不得已只好誠實坦承，她害怕雅歌又會對她大呼小叫，抖著身子。不過雅歌卻咧開嘴笑了起來。

「是喔，好啊，妳終於認清現實，要開始動身找解藥了啊？這樣就對了！」

希亞只能點頭附和，雅歌似乎一早就找到樂子，興致高昂地繼續問。

「那妳目前有找到什麼線索嗎？」

雅歌的話語夾雜譏諷與嘲笑，希亞低著頭，她已經沒有時間跟這個老女巫耗下去，決定冷酷地面對她。

「對不起，我還趕著去別的地方……」

但是希亞馬上就被雅歌的話給打斷。

「所以妳還不知道有關夏茲的事啊？」

雅歌笑嘻嘻看著慌張的希亞。

「還真是笨！都來到這裡第三天了，竟然連這點事情都還不知道！」

希亞講不出一句話，呆愣看著眼前淡然的女巫坐在面前，雅歌是目前唯一一個能毫無顧忌地講出夏茲名字的人，甚至雅歌還講出更讓希亞張大嘴巴的話。

「要不要讓我告訴妳？」

雅歌露出不懷好意的笑容。

「我可以告訴妳關於夏茲的事情。」

對於雅歌突如其來的發言，希亞一時之間不知該如何反應，只能不斷開合雙唇，試圖擠出什麼話。

雅歌是希亞被帶到妖怪島上的主要原因，同時也是名個性孤僻的女巫。但其他對希亞釋出善意的妖怪們，全都對那個名字閉口不提，如今竟然是這個怪奇的老女巫主動想告訴她……雅歌看起來似乎沒有盤算著什麼，醜陋的臉部肌肉扭曲在一起，用手搔著出油多時的頭髮，希亞在腦裡閃過，不知道雅歌已經多久沒洗頭了。

「……妳真的會告訴我嗎？」

希亞再次提問，雅歌用鼻子吐氣，斜睨著希亞。

「當然是真的會告訴妳啊，難不成要假的告訴妳嗎？妳快說想不想知道！我可沒時間跟妳這隻笨鴿浪費時間。」

雅歌高聲催促著希亞。

「請告訴我！」

希亞害怕雅歌會突然反悔，著急大喊，雖然不知道雅歌的真實想法，不過自己不能錯過這次的機會，或許雅歌真的像吵夫人、鬧夫人所說，有著不錯的一面。

雅歌看她預料之中的回應，露出讓人作嘔的笑，緩慢開闔著那副像香腸般的厚唇說道：

「很好，人類，妳從現在仔細聽，無論是自窗戶吹進的惱人春風，還是小鳥啼叫，妳都別管，聽清楚我的每一個字。」

雅歌臉上露出難以言喻的笑容，緊盯著希亞。

「因為我現在將要告訴妳的事，是妳唯一的機會，也是能救出妳的最後一把鑰匙。」

語畢後，雅歌娓娓道出她的故事。

8

雅歌的故事

那時是準備過冬的寒冷秋末，我尚未在餐廳裡工作，是個在外頭隨心所欲的自由之身。正因如此，我都能馬上掌握妖怪間流傳的話題或傳聞。但因為我有水晶球，就算人不在外面也能全然知曉。

總之，當時妖怪們的話題總是繞著一個人打轉，當我每天晚上去商家買烏鴉油時，至少會聽到他的名字超過十次，就知道他多麼赫赫有名。

他就是「夏茲」，惡名昭彰的他，可是連深居巢穴的妖怪們都知道的人物，任何人只要聽到他的名字被提起，無不豎起耳朵期待聽到關於他的新事蹟。

妖怪們會這麼關注他，也不無道理。因為他是妖怪世界裡最厲害的壞人，也是手段最高明的竊賊，精確來說，他只要收了錢，就願意替人行不法之事。他能成為殺手，殺害委託對象，也能偷竊委託的物品，他就是這種卑劣的壞蛋，所以身為可能成為目標的妖怪，隨時都坐立難安，因為他的手段可謂縝密高超。

無論是多麼困難的委託，只要給予滿意的價格，他就能在一夕之間，像個影子般來去，將事情處理得不留痕跡。即便事先設下再怎麼嚴密的維安措施，也沒有人能逃過他的魔掌，一旦他鎖定目標，無論多麼困難，到最後都是他的囊中之物。

甚至連妖怪島上最至高無上的女王，在他眼中也只是待宰羔羊。他曾經接到委託，要他偷取女王宮殿中的貴重寶物，雖然女王設下重重嚴密的警備，到了隔天，寶物還是消失得無影無蹤，他把宮殿的人耍得團團轉。

那時候真的是天下大亂，妖怪們懼怕成為他的目標，不過又因自身的貪婪，一個個找上他，要他替自己犯罪。整個世界陷入矛盾的輪迴。

眼見如此，女王開出懸賞金，死捉活捉皆不設限，只要有人能將夏茲制伏，將獲得一輩子不愁吃穿的財富，因此見錢眼開的妖怪們開始動作，許多妖怪湧入首都，嘗試了各式各樣的方法，試圖逮到夏茲。有的在夏茲可能接觸的食物裡，摻入無色無味的毒藥，有的設下肉眼難以發覺的陷阱，甚至還有許多勇者找到他的藏身處，想要親手解決他。

可是夏茲比起這些妖怪來得太聰明，他總是能閃避這些為他設計的陷阱，甚至反過來利用這些陷阱。例如，有一次他將眼前的透明陷阱，丟到設下陷阱的人家門口，隔天早上被人發現，那個人死在自己所設的陷阱之中。

至於那些親自找上門的妖怪們，不久後就會成為一具具冰冷屍體，送回自己的家中。想要跟他對立，結果落得自己下場悽慘的例子難以計數，他的懸賞金隨之增高，相對地，人們一聽到那個名字的恐懼也逐漸加深。

那時候就輪到我出場了，沒錯，就是我，雅歌。不過我出手必定有我的理由，因為我的水晶球被盜取了。有天晚上當我起床，本該在我頭邊的水晶球，不見蹤影，我找了許久都找不到，最後答案只有一個，就是被夏茲，那個壞人偷走了。

想到我珍貴的寶物二號竟然被他盜取成功，我憤而找上曾經有找過夏茲的一名妖怪，他是一個平凡的中年男子，每日沉迷於賭博，渾噩度日，雙眼血管滿布，咖啡色的眼珠混濁不清。

他說為了想償還賭債，因此覬覦女王所開出的高額懸賞金，直接找到了夏茲的藏身之處，不過卻未見其真面目而返。他是少數幾個深入夏茲的所在地還能活著回來的幸運妖怪，他聽完我的來意後，輕蔑地用鼻子哼笑一聲。

「夏茲是個不折不扣的怪物，自以為能贏過他的想法，絕對是我的人生中最愚蠢的錯誤。」

即使我明知道他是個怪物，但是我對於水晶球的掛念卻無法輕易消散。

「往北邊一直去，會走到一個白霧籠罩，伸手不見五指的地方，那裡矗立一座陡峭的高山，那頭怪物就躲藏在那座山的某處。由於霧氣會在夜晚消散，我建議妳傍晚左右出發。反正說了那麼多，在妳見到他的瞬間，也就是個將死之人了，祝妳好運！」

當時我花費了好大的力氣央求賭徒，他才不情願地告訴我夏茲的藏身之處，還語帶嘲諷地看輕我。

知道了夏茲的藏身之處後，我做好了萬全的準備，在傍晚時分動身前往。那座山像是誰用剪刀剪斷了一側似的陡峭難行。加上四處覆雪，彷彿整個世界凍結成冰，山勢高聳，原本抬頭仰望的雲朵，已經圍繞在身邊漂浮，置身在藍天與白色棉花之中，然後不知道又挨過幾個鐘頭痛苦的時間，我全身的肌肉都在悲鳴，因寒冷而發顫，但是我不願放棄。

與艱困的大自然鬥爭後，我抵達了山頂，不過卻未見人影，我都已經熬過如此艱辛的山路爬至最高峰，怎麼能就此收手，所以我在那裡度過了一個晚上，那可說是我人生中最糟糕的夜晚。溫度低下，寒冷刺骨，雖然舉頭就是漫天金黃色的星辰，不過它們似乎每個都睜大著雙眼直盯著我看，我忍受著全身凍瘡的苦痛，與驟降的溫度拚死搏鬥，等待夏茲的出現。但直到天光漸亮，也不見任何動靜。

哪有什麼夏茲……日夜更迭後，猶如賭徒所說，濃霧壟罩著視線，睜眼所及皆是灰白霧色，如被奪去視力般，我以為自己即將死去，全身因傷寒動彈不得，又找不到下山的路……就連冒險到這裡的理由與目標的一根頭髮都沒看見。

我絕望想著，這一切一定是賭徒為了要我而亂謅的謊言。我急著想逃離這一切，開始緩慢移動身子，試圖摸索下山的方向，濃霧將雙眼覆蓋，我耐心地壓低身軀，集中精神在尋找出路。

當我專注地在尋覓方位時，一道堅硬冰冷的觸感抵在我的脖子上，當我意識到那是一把匕首時，才發現已經有人從我身後像條蛇輕柔地將我纏繞，他以抱著我的姿態，靠近我的肩上。並傳來使人起雞皮疙瘩的笑聲。

倚在我耳邊的那雙嘴唇，緩慢地上下開闔，他將我的全身緊緊束縛，他在我耳邊呢喃……「我在這裡。」那是一種告知，也是主控權的明喻。

他的呢喃比頸上的匕首還銳利，我不知所措地呆站在原地，現在回想起來還真丟臉。我為了要找他算帳，奮不顧身衝上山找他，結果竟被一道聲音就震懾在原地……

夏茲想必也認為我很可笑吧，在平地大吼大叫要找他算帳，結果見面時成了一個只會發顫的老人，哼。

總之，我們之間晃過短暫的沉默，原本緊貼著我的夏茲，退後了幾步，然後突然跑到我的面前，他的聲音像是乘著霧氣，如流水悠悠地自口中道出，如我所猜，他一開口就是一陣冷嘲熱諷。

「老奶奶來這裡做什麼？」

他的聲音聽起來圓潤溫和，不過似乎對於眼前的狀況感到些許無聊。他竟然無視我這個世上最厲害的女巫，我的自尊心被他踐踏得一無是處。

為了鞏固我那化為碎片的名聲，我硬著頭皮斥吼。

「我要找回我的水晶球！限你馬上交出我的水晶球，不然就等著好看！」

其實因為整夜的受寒，我連出聲都顯得難受，不過我管不了那麼多，怒瞪著他，盡我所能露出最凶狠的表情。但事實上，因為濃霧我看不見任何事物，只能朝著虛空中瞪去，覺得自己像個傻子般。

前方的虛空，有幾縷霧氣在舞動，那道聲音依然嘲笑著我。

「就憑妳這老太婆，想解決我？」

他聽起來啼笑皆非，夾雜著嘻笑聲。氣得火冒三丈的我，想要再出聲威脅他，但是頸上的匕首卻比剛才壓得更重，使我不敢輕舉妄動。

「妳全身都凍得難以行動，甚至也視力模糊，還要裝得自己很厲害嗎？」

他的話語充斥著傲慢無禮，但是聲音聽起來卻溫柔無比，該怎麼說呢？像是落葉輕柔地飄落在耳邊般。

「現在只要我一用力，妳的項上人頭就會滾到山下了呢。」

倘若有個聽不懂話語的人，聽到我們的對話，或許會以為我們在交談著甜言蜜語，因為他的口吻是如此地溫柔多情。我為了不透露自己的慌亂，盡我所能地保持冷靜。

我也不是毫無準備就上山尋找水晶球的，一旁的口袋裡裝著滿滿的魔藥，能幫助我打倒他。

「哈！別笑掉人大牙了，你那薄弱的短刀，怎能輕易刺破我脖子上的皮革，臭小鬼。」

他不斷叫我「老人」、「老太婆」，為了某種氣勢上的報復，我刻意稱呼他為臭小鬼。

「我勸你趕緊將水晶球還來！不然我會讓你的屍骨裸露在這座山野之中。」

雖然我自信滿滿地威脅了他，不過內心還是害怕他會被我激怒，然後突然發動攻擊，我悄悄將手伸往裝著魔藥的口袋。但是夏茲的反應卻比我所想得平淡。

他收起架在我脖子上的匕首，不耐煩地嘆了口氣，隨著他的嘆息聲，我的自尊也破碎一地。

我正想出聲吆喝時，濃霧中有某物突然朝我飛來，我嚇得伸出手接起，沒想到竟是水晶球，一時之間找回水晶球，我不知道該開心，還是要向將我的水晶球視為垃圾的夏茲發火，在我開口前，夏茲先說道：

「妳在找這個對吧？拿回去吧。」

他認為我已經達到了目的，就該趕緊滾蛋。水晶球比想像中來得容易就取回，我像個傻瓜杵在原地。

「哪有人偷走之後，就這樣乖乖還回的，你在耍我嗎！」

夏茲似乎逐漸感到厭煩，以不悅的口吻說道：

「聽說這是顆可以看見一切的水晶球，好像很有趣，所以我就偷來玩玩了。不過也沒有什麼想看的事情，所以妳拿走吧。」

夏茲的話聽起來不像是將物品歸還給主人，更像是將自己的東西大方贈予我似的，況且他還羞辱我的水晶球，讓我怒不可遏。

「你這傢伙！你一點都不了解水晶球的價值，膽敢胡說八道！這顆水晶球可是無論過往或現在，都能顯現出任何你想要看見的事物！」

我激動得跳腳，大聲嚷嚷著水晶球的奧義，而夏茲他……就算現在想起來我還是氣得發抖，他就在一旁，像看著氣得面目猙獰的猴子，捧腹大笑，我當時真的氣到近乎失去理智，但他絲毫不在意，只顧著嘲笑我的窘態。

在濃霧之間，隱約看見他低下身，靠近我說道：

「真是有趣的老太婆，能看見過去和現在有什麼大不了？水晶球應當要能預示未來啊。」

夏茲看似帶著些許無奈，他用圓潤的聲音使我難堪，我抑制不住憤怒，奈何濃霧繚繞，我看不見他，無法進行攻擊，只能在原地氣得叫囂。

「這愚笨的傢伙！無人能事先預知未來！因為未來的每一刻都可能因為某個人在某個時刻改變想法，進而改變行動，牽動起一連串的連鎖效應！這種事情連水晶球也無法預測！」

我氣得撕開喉嚨大吼大叫。

「對於這種無法預測的事物，水晶球才更應該發揮功用不是嗎？」

他流露出某種惋惜之情接續著說：

「抱歉，妳趕快走吧，雖然我想直接殺了妳，不過大發慈悲，放一個講話有趣的老人一條生路，也不是什麼難事。」

他無視我的怒火，自顧自地滔滔不絕，雖然白霧濛濛，但我清楚看見他嘴角上揚的樣子。

「對了，當妳下山時，看著水晶球下去比較好。這個其實並非霧氣，而是死去的風之屍體，妳可以用水晶球找尋屍體間的空隙下山。」

聽著他這番像是建議又非建議的話，我低頭看向水晶球，果然在風之屍體間看出一條道路。夏茲看著這樣的我，肉麻地向我道別。
「去吧，奇怪的奶奶，妳都這把年紀了還上山，真是苦了妳。啊，需要攙扶妳下去嗎？」
他的訕笑自濃霧中透出，當我想怒斥他時，他已經消失得無影無蹤。那天我依循峭壁下山，在心底下定決心要親手解決這個目中無人的小鬼。

自從那之後，我研究著各種能抓到他的辦法，他奸詐狡猾，無論是何種陷阱或毒藥皆是徒勞無功。
我轉動著已經許久未使用的腦袋，盡我所能想方設法。終於在幾天後，想出了一個不錯的方法。首先，我要先向這個國家的統治者，也就是妖怪島的女王請求支援，我動身前往宮殿。女王正思索著要增加夏茲的懸賞金，一心一意只想砍下夏茲的頭，一看到身為大女巫的我出現，一口答應要協助我，無論是衛兵或武器只要我開口，她都毫不吝嗇，我也因此感到自信滿滿，一想到能抓住那個曾經鄙視我、汙辱水晶球的傢伙，我就樂不可支。
而我研究出來的方法如下：
首先，我挑一名女王宮中最值得信賴的隨侍，讓他去找夏茲，並對夏茲說，聽說傳說中的藥草「布禮草」就埋在山下，無論要多少錢都沒關係，只要在太陽西沉前到山下找到布禮草，即能得到相對的酬勞。

追溯妖怪數千年的歷史，布禮草是傳說中的夢幻藥草，到處謠傳著關於這種藥草的傳聞，但是卻沒有人真的看過其蹤影。據說將布禮草熬煮成湯喝下後，只要一眼就能將敵人化為粉塵；而若是生嚼藥草，即能擁有魅惑眾妖怪的美貌，關乎藥草功效的傳聞不在話下。

那名隨從上了山，告訴夏茲布禮草就在他藏身之處的山下，而藥草被深居山裡的烏鴉所守護，那隻烏鴉原先是頭鴿子，在墜落時被染上一身黑，成了啃食靈魂的惡魔烏鴉。雖不知道這個傳說是真是假，不過那並不重要，我要的只是一個餌，能讓夏茲相信自己那座山的山腳下，種有布禮草的誘餌，一旦聽到傳說中的布禮草，就在離自己不遠的地方，被激發起好奇心的夏茲，一定會下山一探究竟。

我猜想，只要收錢就會行動的夏茲，必定會守信去找布禮草，然後也一定會照他所說，在日落前下山找尋布禮草，而此時我們將會設下天羅地網等待他，就像剛才所說，山裡在日落前都被濃霧，或說風之屍體所包圍，使人看不清楚前方，我正是要利用這一點。

在夏茲要動身前往山下前，我會安排好女王的士兵在山下等待，隱身於風之屍體間，讓他看不見我們的存在，而當他靠近既定區域時，我能躲在附近，透過水晶球掌握他的位置，趁他失去戒心的瞬間，下令捉取夏茲。

我相當滿意自己的作戰計畫，光是想到那傢伙驚覺這一切都是陷阱時的表情，就使我雀躍不已，沒錯，真是完美無缺的想像。

計畫實行的時刻將近，興奮之情使我恍惚，我滿心期待著不久後，屬於我的高尚勝利，我與士兵們在風之屍體間藏匿蹤跡，等待夏茲的來到。

但這股興奮沒維持多久，儘管超出了預測的時間，仍不見夏茲的身影。那個過度膨脹的自信和興奮逐漸冷卻，在雲裡霧裡的不安，漸漸侵入我的內心，緊張感使我呼吸急促，說不定在鬆懈的瞬間，那傢伙就會出現，我們焦急地侷促著氣息，每一秒像是一百年般漫長。

女王的士兵們深怕自己的吐息會被聽見，一個個蜷曲起身子，藏於霧中，我緊繃著全身不敢分心，雙眼直盯水晶球，眼球兩側的血管似乎都要爆出。

身後若傳來山中野獸的腳步聲，抑或是微風拂動枝葉的聲響，所有人都會警戒地四處張望。我們只能藏身於霧茫的風之屍體中，仰賴聽覺，等待獵物步入陷阱。

就像場鬧劇般，飄逸的風之屍體裡沒有任何的聲響或是影子，只有直貼背脊的寒氣包圍著我們，警告著接下來即將展開的殺戮，那瞬間彷彿全世界拋下了自己，那般孤獨、戰慄。

就在我過度直盯著水晶球，眼睛的血管腫脹得使我分心時，我終於看到水晶球裡冒出一個期待已久的身影，那是能滿足我們渴望的獵物，也是即將侵蝕我們大多數人的靈魂的怪物，他毫不猶豫地主動走進我的陷阱……

待水晶球裡的人彎下腰開始尋覓地上時，我朝空中大喊一聲：「攻擊！」

我的高喊，宛如扣下槍枝的扳機，原先藏匿的士兵高聲喊著口號，衝向目的地，整個空間響著此起彼落的吼叫聲，眼前場景猶如動物大遷徙，士兵們劃破風之屍體，全力衝刺，軍隊的口號也使我全身抖擻，將高昂的情緒帶至高點。

我幻想著不久之後就能聽見悲鳴自夏茲的口中喊出，不停發狂大笑著，痛快的幻境讓我的眼淚流了下來，士兵們不斷自我身邊竄過，朝向眾人的獵物而去。我再次低頭望向水晶球，我不想因為沉浸在歡愉間，而錯過了夏茲的慘況，可不是嗎？

我忍著快要止不住的笑意，努力找尋夏茲驚慌失措的身影。我寶貴的水晶球正透露出那名壞蛋被制伏的場景，透明的水晶球裡，我看見那雙困在風之屍體間的慌張雙眼。

「贏了！我們贏了！」

欣喜若狂的我發出高吼，更努力地盯著水晶球看。不過就在此時，那雙懼怕的雙眼變得更加鮮明，那是雙充血的咖啡色眼珠，我覺得有些眼熟，愣了一下後，想再看個明白。當我看清楚後，整個人因為震驚完全動彈不得，我趕緊回過神來，大喊：「停手！停手！」然後衝進混亂的中心。

我發瘋地大喊著，粗暴扒開士兵們而去，在縷縷慘白的風之屍體間，我看到死在士兵手上的人，不是夏茲，而是告訴我夏茲藏身之處的賭徒。士兵未曾見過夏茲，在他們劃開濃霧之後，以為出現在眼前的賭徒就是夏茲，然後出手殺了他。

我感到憤怒溢上喉間，失望透頂，對著女王的愚笨士兵大呼小叫，然而就在霎那間，原先抱在手上的水晶球突然消失了，我心裡一沉，眼前一黑，那時候我才驚覺落入陷阱的人是我。

我暴跳如雷，無法冷靜，失望的士兵們開始到處遍尋「真正的夏茲」，但這一切只是枉然，風之屍體阻擋我們的視線，在沒有水晶球的情況下，根本不可能找到夏茲。

我踩過躺在地上慘死的倒楣賭徒，內心的憤怒苦無發洩，我氣女王愚笨的士兵，也氣把我當成笨蛋耍的夏茲，更氣自以為這是個完美計畫的我。

我像個瘋子在風之屍體間到處亂奔，此時聽見遠處有道微弱的笑聲，熟悉的笑聲使我瞪大眼睛，急欲望向聲音來處。

在風之屍體間，我隱約望見一頭黑髮，看起來不過十幾歲的少年，他比我想像的來得稚嫩，他深邃又圓大的雙眼，在月光的照射下，笑看著一整隊的士兵像是一群烏合之眾，在漫漫濃霧中找尋他一個人，真是令人無語，說起來教人作嘔，但眼前的混亂對於他來說，就像場搞笑喜劇。

當他知道我讓隨從告訴他，山下種有布禮草的瞬間，就看穿了我所設下的陷阱，並且打算利用這個陷阱來捉弄我們。

夏茲知道賭徒負債累累，因此告訴他那座山下有著布禮草的存在，他在賭徒的耳邊竊竊私語，若是真的挖到藥草，賺錢就是世上最簡單的事了。

急需用錢的賭徒，根本不用什麼鼓吹，馬上就衝出家門，找到夏茲所說的位置開始尋找藥草，而因為風之屍體，看不清楚前方的士兵們，錯將賭徒誤認為夏茲，朝著他發動攻擊。

而夏茲則在後方，靜靜看著這一場鬧劇，當我察覺不對勁，發現眼前的人是賭徒而非夏茲時……

啊，真是太氣人了，他又趁亂偷走了水晶球，輕鬆地一石二鳥。

一來他成功報復曾經找上自己，並暴露自己藏身之處的賭徒，賜他一死作為處罰；二來就是戲弄曾在他面前大放厥詞的我，他再次從我手中拿走水晶球，然後利用水晶球順利逃說，回到他的藏身之處。而在底下慌亂無措的我們，就成了他的笑柄……

領悟這一切的我破口大罵，在上方笑著士兵們愚蠢的夏茲望向我，我們就這樣四目相交，他或許有些嚇到，直勾勾看著我，我憤怒地死盯著他，恨不得拔出他的眼珠子。

不久後，冰冷直挺的眼神注入一絲生機，他緩緩揚起嘴角竊笑。我整張臉已經漲紅，正想開口辱罵時，他突然溫柔地眨動雙眼，甚至對我眨了一邊的眼睛……戲弄了一番後，就此消失。

當風之屍體消散後，我與士兵爬上山頂，早已不見夏茲的蹤跡，四處結冰的山原上，我的水晶球被他吐了一口口水丟棄在地上。

即使他從我身邊偷走水晶球，卻不真正帶走的理由，正是要告訴我「就算妳有水晶球，我還是能擊潰妳……」無論我什麼時候想開戰都奉陪，這是來自他的挑釁也是一種戰帖，同時也將我僅存的自尊徹底踩碎……

輸得一塌糊塗後，作為代價我賠上了自己的人生，出兵支援我的女王，在知道我的失敗後大發雷霆，將我貶低為無能的女巫，並且下令如果有妖怪要僱用我，或是給我金錢上的援助，就會被處以嚴刑，真是個心胸狹隘的人。

我就這樣一夕之間成了窮途潦倒的乞丐，那些曾經因為有求於我，對我阿諛奉承的資本家和商人們，個個對我面露鄙夷，我隱忍他們冰冷的視線。其實一開始我並不放在心上，我本就我行我素，不在乎妖怪們怎麼看待我。不過隨著時間過去，肉體的苦痛卻讓我無法忽視。

原本靠著存款我還能度日，但是已經收錢要製作的魔藥需要高價的原料才能製作，在沒有收入的狀態下，我很快變得一無所有。

那段時間就連回想也覺得難受，每天早上在街邊忍受著寒冷，只穿著一件單薄的衣服熬過冬天，為了尋找食物要威脅小孩子或是比我弱小的妖怪們，不過我依然無法放下身段去乞討，我的自尊心無法容忍這種事情發生。

然而就在某一天，在那日復一日的悲慘日子中，有了一絲稀薄的希望，有一名妖怪，他不顧女王的命令也願意僱用我。

就是哈頓。

俗話說，貪婪是永無止境，身為妖怪島上最頂級的餐廳所有者的哈頓，名下擁有巨大的財富，相對地也擁有難以滿足的欲望。哈頓從以前就多次邀請我，這個最厲害的女巫到他的餐廳工作，只是我以前皆一律回絕，因為當時的我可說是作為女巫的全盛時期，我不需要待在一個固定的地方工作，就能賺取足夠的財富，不過因為女王的命令，切斷了所有物質來源。哈頓為了避開女王及其他妖怪，特地選在眾人入睡的白天，派遣他的差使來到我面前，要我在他底下工作，當時我已經陷入飢寒交迫的絕境。

如果能再喝上一碗用烏鴉骨頭熬煮的熱湯、如果能再用老鼠尾巴製成的皮革被褥睡上溫暖安好的一覺該有多好……！面對哈頓慈悲的救援，我心甘情願地獻上靈魂，承諾自己將會效忠他、侍奉他，那天以後，我就將自己隱身於餐廳。

雖然這跟夏茲沒有直接關係，不過這就是我在這裡工作的原因。

我為了不讓女王知道自己在餐廳工作的事實，特意選在餐廳最深處、最靠近地心的地下室裡工作，藥品配送的差事也讓裘德去跑腿，為的就是不讓自己出現在地下室以外的地方。只不過，在這個世界裡沒有秘密，就算擁有秘密，也僅存在於一瞬間罷了。

曾經擔任餐廳女巫的莉迪亞被解僱，取而代之聘用了另一名全新女巫的消息一傳開，馬上引起妖怪們的好奇心，最後我在這裡工作的事實也被人流出，瞬間鬧得沸沸揚揚，更不幸的是還傳到了女王的耳裡，她對於無視自己命令的哈頓感到怒不可遏，因此她對之立下處罰，這項處罰到現在都還持續。

即是哈頓身染的重病，那個需要人類心臟來治癒的怪病，就是女王對哈頓所下的處罰。哈頓僱用了我，理當承受這般代價，他無法責怪我，他明知道自己所開啟的是通往地獄的門，但仍轉動手把，將我納為麾下，這一切皆是他的選擇。

幾天之後，他又招來了另一個駭人聽聞的名字，即是夏茲。確切來說，夏茲並非哈頓所招聘，而是我將他拉進來的。像我剛才所跟妳說的，我之前不是傳達了假消息給夏茲嗎？而夏茲沒有落入陷阱的理由，是因為他知道那是個幌子。

他清楚知道真正的布禮草在哪裡。現在回想起來非常理所當然，以長年覆雪的高山作為巢穴的他，怎麼可能不知道布禮草真正的位置。

妳問我怎麼知道嗎？我親眼看到的，就在這個地下室裡，當我輕撫水晶球時，夏茲的臉浮現在球體之中，他那因寒冷而顯得蒼白的臉龐掛上喜悅的笑容，他正面對著那隻傳說中守護布禮草的烏鴉。當水晶球突然顯現烏鴉的模樣時，我差點嚇得丟出水晶球。那隻原是潔白的鴿子墜落後化為烏黑，因著詛咒變身為長相醜陋無比的烏鴉，他一身猶如被火焚燒過般焦黑，有著一副刺眼、難以直視的惡魔臉孔。那隻烏鴉也對著夏茲笑著，用著慵懶的聲音對少年說道：

「孩子，你來找布禮草了啊。」

當我聽見他開口說話的瞬間，全身毛骨悚然，他的聲音既恐怖又致命，同時又極其誘人。

烏鴉展開那雙似乎能遮蓋星空的羽翼，用分不出來是手指還是羽毛的翅膀，撫摸著身後的藥草。

「你怎麼知道藥草在這裡？我可是藏得很好呢。」

夏茲聞言，直率地回答：

「在這一片雪白的山中，怎麼會不知道有一隻漆黑的烏鴉出現。」

少年盯著猶如惡魔的烏鴉，要求他給自己布禮草。然後惡魔的臉上，露出邪惡無比的妖媚笑容。

「嗯，可是我種植了這麼長久的時間，如果那麼簡單就交出去，我會很心疼的。」

惡魔親切地拒絕了他，但是惡魔總是自有打算。

「不過若是你有禮物能獻給我……說不定我能考慮將藥草給你。」

那雙醜陋的翅膀像繪畫似的，在夏茲的臉頰上游移，惡魔哼唱著小調，輕柔蕩漾，用悠悠的口吻繼續道：

「讓我進入你那純淨的靈魂，讓我一口一口啃食，享用那澄澈的滋味。」

惡魔的歌聲輕繞著喉間，夏茲張開雙臂，朝向端坐在樹上的惡魔，卸下自己的一切防備。

「進來吧。」

夏茲低聲說道，他看著惡魔的深色瞳孔，透出勇敢無懼的眼神。

烏鴉展翅，形同一把扇子，飛向空中，翅膀張開成與夏茲的嘴角一樣的彎曲弧度，惡魔的誘惑，任誰都無法抗拒的，最後……被人稱之為惡魔的少年，如今真的成為了惡魔。

世上最兇殘的壞蛋與世上最兇惡的惡魔結合為一體後，妖怪的世界迎來了前所未有的恐慌，進入夏茲身體裡的惡魔，將夏茲曾純潔的靈魂一點一滴地啃食，他也逐步化身為惡魔，原本只是收錢辦事的少年，如今只因為好玩而殺害生命。

他必須隨時服從體內惡魔的命令，他很快就明白，惡魔當初的交換條件，對自己有多麼的不利，落入惡魔手中的少年，成為他的俘虜，就連布禮草也無法擁有，惡魔的力量太過強大，他無法任意行動，布禮草依然安然種植在山野之中，而夏茲卻日漸被惡魔侵蝕心靈。

他走過的路，布滿血色的腳印，被他殺死的屍體們堆疊成山，成了他的王座地基。無論白晝黑夜，妖怪們時時刻刻處在恐懼之中，祈禱著能安然活過今日。

即使是我，也是一樣懷抱著恐懼，雖然躲在哈頓的餐廳之下，不過在與夏茲交手後，誰也不知道他什麼時候又會想找上我，包括那一天也依然。

那一天我像平常一樣，在地下室裡調製著魔藥和藥品，然後一如往常不時望著水晶球，看著外頭所發生的大小事，然後在厚重的書間打盹小睡一番，突然一陣冷風襲來，熄滅了旁邊的蠟燭，忽然驟降的溫度使我自夢中驚醒，在沒有窗戶的地下室，那陣怪風竟然將遠在陽台的裘德房門也硬生生關上，這裡不可能有風吹起，除非有人進來……

我警戒地環顧四方，顫抖著手拿起火柴，再次點燃蠟燭，並提著蠟燭到處查看，就在此時，夏茲拿著匕首抵住了我的脖子，面對突如其來的利刃，我說不出話，一心只想著這隻惡魔是怎麼進來這裡的。

待我稍微冷靜過後，看向夏茲，我一眼就分辨出他與之前不同。他的背上長出烏鴉巨大的翅膀，籠罩他的肩膀，腰間和雙腿全都長滿漆黑的羽毛，儼然像是全身被烏鴉所占領，不過最大的變化是他的雙眼，那雙曾是稚嫩少年的清澈眼神，如今失去光芒，灰暗冷酷，那是副死人之眼。

眼前的他嚇得我想開口說些什麼，不過他先用匕首抵住我的雙唇，示意我安靜。他比剛才更靠近我了，我清楚看見他疲倦不堪的表情，眼下是之前未曾有過的暗黑影子，原本生氣勃勃的臉頰也顯得蒼白消瘦。

我不再掙扎，順他的意安靜待著。抵著嘴唇的匕首也收了回去，當我在腦裡快速思索著可以防禦的魔藥在哪時，他率先開了口，「別用那種眼神看我。」他的聲音聽起來無力沉重，又帶著萬般殷切，我不忍問他自己究竟是用何種眼神看了他。

他似乎不知該如何開口，「我不是來傷害妳的，只是……」，沉默一陣子後，他接續說道：「這不是我所想要的。」那道聲音聽起來像是自言自語，我還不明白他到底想表達什麼，直到他抬起頭，直視著我，迫切地說：

「幫幫我。」

雖然是請求協助的語氣，不過他並沒有給予我選擇權，他抓起我的雙肩懇求我，他的雙手像是用盡全身的力氣搖晃著我，而他的嗓音聽起來格外岌岌可危。他因為體內那個操控自己的惡魔，無法直接講明要我幫他什麼，但光是他的那句話，我就已經明白了。

我馬上就下定決心要幫助他，不是出自於同情心，也不是對他產生感情而感到不捨的那種可笑目的。我單純認為，若是盡可能幫助夏茲脫離惡魔的掌控，就能稍微脫離隨時提心吊膽，害怕他會來殺害我的恐懼。

老實說我也有些期待，若是我選擇幫助他，那麼我的選擇又會引發什麼效應，雖然無法全然預測結果，但是有一點卻是不爭的事實，那就是我將掌握這一切的重要關鍵。無論是女王的怒火或是哈頓的詛咒，只要夏茲做出決定，說不定我就能隨心掌握大局，一想到此，我就忍不住嘴角的笑意。

「你現在想要我幫你逼出體內的那隻惡魔吧？」我問出自己早已知道答案的問句，為了享受這一刻刻意不直接道破他的想法，可我也沒有蹉跎太多時間，畢竟惹惱眼前的惡魔不會有好下場。

「要怎麼做才行？」

他順著我的意回答。

我直挺挺看著夏茲的雙眼，他的瞳孔不帶一絲光芒，不過卻寫滿了心中所想。

「只能除掉他了……要找到比你體內那隻惡魔更強的對手，才能成功制伏他。」

我難掩欣喜地說。

「更強的對手……還能有誰？」

夏茲急切問我，我繼續笑著。

「要不要我幫你介紹？」

我徹底扭轉了眼前的局勢，富有餘裕地摸著水晶球，隨著我的手勢，水晶球內冉冉升起煙霧，很快地轉為透明的畫面。

「我知道有一個比他更強的惡魔……」

當我語畢，夏茲的目光自水晶球望向我，光看眼神就知道他想對我說什麼，他那副強硬的姿態，就是要我當場召喚惡魔。

夏茲真是個無所畏懼的人不是嗎？他竟然想要馬上見到那個強大的惡魔，我嘻嘻笑著對他說「不可能。」當時的我可是發自內心地享受那一刻。

水晶球的霧氣再起，像一捲簾子般拉上，爾後哈頓的模樣從那之中顯現。

「那傢伙可不是隨便一個人都能召喚的，能召喚他的只有一個人。你去找哈頓吧。」

聽完我的話，夏茲豎起眉毛。

「哈頓能召喚惡魔？」

我能理解他的困惑，就連最厲害的女巫都無法召喚的惡魔，竟然能由區區一個餐廳主人召喚，這是光聽就讓人難以置信的說詞。可惜事實確實如此，哈頓不僅是餐廳的主人，他所經營的可是妖怪島上最具規模的餐廳，因此所獲取的收入當然相當可觀，「最吸引惡魔的還是金錢。」夏茲聞言，皺了下眉間，我太喜歡他那副表情了，因為代表著情況的發展完全如我所意。

我接續著說：

「哈頓的運氣很好，那隻惡魔偶然來餐廳用餐，哈頓當然不會錯過這種大好機會，他用這段期間以來累積的大筆財富作為基礎，與惡魔進行交易。要營運這麼大間餐廳，必定需要龐大的人力，但是不僅是人手的多寡，還需要擁有能掌控他們的束縛力，光靠他一個人根本無法管控這麼多的員工。所以哈頓與惡魔做了這項交易，每當員工與餐廳簽約時，惡魔將作為仲介，替雙方簽訂合約，簽訂後員工就將隸屬於惡魔，永遠無法離開餐廳，也無法擁有所謂的自由。這裡的每個人明知道這項附加條件，還是趨之若鶩地想來餐廳工作，最可笑的是我也是其中一員。」

掌控局勢的我親切地對夏茲說明著一切來龍去脈，水晶球裡的煙霧在不知不覺中轉成一個同心圓，不斷轉著、轉著、轉著……

「惡魔當然不僅只是當作仲介人，他讓哈頓能控制餐廳裡的員工，而作為代價……」

球體裡的煙霧宛如被催眠般，不停畫著圓形，然後從那之間冒出了一只冒著滾燙熱氣的茶壺。對於突然出現的茶壺，夏茲也瞪大眼睛，「茶壺？」他不解的樣子讓我感到莫名好笑。

「沒錯，惡魔的代價就是茶壺，而且是很多很多的茶壺。每當他簽訂完一份合約，他就會要求非常大量的茶壺，我不知道他為什麼那麼喜歡茶壺，就算我想要看清楚他的面貌，也只會出現一個莫名其妙的孔洞。」

我攪散水晶球的煙霧，繼續說道：

「對身為餐廳經營者的哈頓而言，幾只茶壺並不是難事，餐廳裡有數不盡的茶壺。反正就結論而言，比你裡面的惡魔更強的對手，正作為哈頓的仲介人。」

我懷著笑意對他說道：

「所以說，能召喚他的就只有哈頓了對不對？」

「那哈頓在哪裡？」

我都還沒說完話，夏茲就心急地對我丟問題。

看著一得到答案，馬上著急想要找到哈頓的他，我忍不住笑了出來，雖然我知道他的耐心已經近乎到達極限，不過又能怎麼樣，再怎麼急，也只能等待。

「你現在去找哈頓要做什麼？讓他幫你召喚惡魔嗎？他做不到的。」

水晶球裡浮現因為僱用我，而遭受女王處罰，躺在床上呻吟的哈頓。

「現在哈頓身體很虛弱，以他的身體狀況沒辦法完整召喚惡魔，簽訂契約時可以召喚他的手臂或腿部，但如此一來惡魔的能力也只僅限於那個部位，這對於約束餐廳員工相當充足，不過要除掉你體內的惡魔卻是於事無補。」

我的一字一句漸漸抹去他唯一的希望，我因此感到無比快樂。

「雖然你也可以等那隻惡魔再來用餐，那可能是幾個小時後，但也可能是幾十年之後。」

我說完話，捧腹大笑起來，剛才壓抑的笑意一次湧上，讓我在地上打滾。不過我很快就停止大笑，因為夏茲在我身邊蹲下，用尖銳的匕首抵住我的脖子，就像上次那樣。

「到底有什麼好笑的？」

他是認真的，臉上大大寫著下一秒就會動手解決我。

我馬上就讀懂他的意思，收起笑意，被他用眼神斥責一頓後，我繼續向他解釋。

「你冷靜點，這並非不無可能，現在是因為哈頓因病虛弱所以無法召喚，等到他康復，就能召喚惡魔了。」

我抬起頭，直視他的雙眼。

「你現在去找哈頓，告訴他願意為他工作，那麼你將會簽署那份惡魔作為擔保的合約，一旦與位階較高的惡魔達成契約，位階較低的惡魔的力量就會減弱，雖然無法完全除去占領你體內惡魔的勢力，不過這是眼前唯一能解決的辦法。」

我說完話，夏茲的臉上沒有任何表情，他不為所動地看著水晶球內哈頓病痛的模樣。

我明白他的面無表情，包含許多錯綜複雜的情緒，因此繼續說道：

「哈頓因女王的詛咒所罹患的怪病，你幫助他痊癒吧，他必須恢復健康，才能召喚完整的惡魔。」

我滿心期待著夏茲會用什麼方式完成他的任務，我已經解答了他的問題，剩下的只是在一旁看戲罷了，我將作為旁觀者，看著自己種下的因會怎麼在這個怪異又危險的世界裡纏繞出果實，我興致勃勃地期待接下來的發展，若是出現我不滿意的情況發生，我再隨我的意插手就好。

不知道夏茲知不知道我心中的盤算，抑或是他根本就不在乎，他的表情看起來沒有太大的變化。

「你先去找哈頓，成為他的手下，幫助他破解魔咒。」

他沒有一點猶豫，隨即要轉身去哈頓那裡，但他卻突然停下身，轉頭朝向我，我收起笑意，看著他，他也直視著我的雙眼。

「老太婆。」

聽到那個熟悉的稱呼，我怒得皺起臉部肌肉，但他卻對我露出微笑，說了一句「謝謝妳。」然後頭也不回地走出地下室。

在那之後不到一小時的時間，夏茲就被公告為餐廳的新員工，除了我以外的所有妖怪都感到詫異無比，得益於此，餐廳被另一股緊張感包圍，那些在背地裡說夏茲壞話的餐廳員工，被夏茲發現後都被毫不留情地處置了，因此所有餐廳的員工一聽到他的名字，皆不敢多說什麼。

「希亞，這些就是我能告訴妳，關於夏茲的一切了。妳別浪費這珍貴的情報，好好放在腦子裡，這是妳唯一的希望。哈頓必須自詛咒中解放，康復之後，才能消除夏茲體內的惡魔，因此夏茲為了治療哈頓，想必會盡其所能。」

「……」

「這一切的事端有兩種解決的方法。第一種，夏茲與妳一同找尋能治療哈頓的解藥。第二種，現在唯一知道的解藥就是人類的心臟，言下之意就是夏茲會直接奪取妳的心臟。無論如何，妳都要讓夏茲選擇第一種方法，若是當這裡最讓人恐懼萬分的壞蛋選擇了第二種方法，他可是會不顧一切都要奪走妳的心臟。」

灰濛濛的地下室裡，維持了好一陣沉重的寂靜，這道寧靜圍繞著少女與年老的女巫。說完故事後的雅歌，咯咯笑著觀察希亞的反應，希亞看似正在消化雅歌所講的每一個字句。雖說終於知道了夏茲是何方神聖，不過面對突然湧上的龐大內容，希亞需要相當的時間消化。

即使解答了心中的疑惑，卻迎來更多的混亂，希亞沉浸在思考中，顧不了在一旁竊笑的雅歌，老女巫告訴她的故事，或許真的有助於找到解藥，所以她更仔細回想著每個故事環節。

「夏茲的體內……那個控制他的惡魔。」

「控制還算是好聽的話，他幾乎是被啃食了，夏茲的身體全都長滿了黑色羽毛，全身又是翅膀又是羽毛的……雖然是常見的東西，但看到他的那副樣子，我連作夢都會想起來。」

雅歌連自己那副長相還身穿粉紅色大蝴蝶結連身裙的樣子也毫不在乎，卻自顧自地談論起黑烏鴉的可怕，不過希亞所在意的並非那件事。

「那麼能夠除掉烏鴉的那個更強大的惡魔，又是誰？」

雅歌的表情出現微妙的變化，希亞知道自己問對問題了。

「真有趣……通常比起問他是誰，更想知道他是怎樣的惡魔。那是世界上最邪惡的惡魔，同時也是個謎。」

雅歌的臉上浮出慈祥的半月形微笑，這副微笑對她來說太過寧靜又難解。

「這是問起他是怎樣的惡魔時的回答，不過如果妳想問的是他是誰的話……」

那像紗布般粗糙，猶如山谷般突起的雙眼直盯著希亞，但眼神卻意外地平靜。

「作為契約的仲介人，能讓哈頓得以掌控那麼多員工，擁有至高無上權力的他，出乎意料地只想用茶壺作為代價……這樣的他，會是誰呢？他擁有許多名字，他從刻印在身上的名字中，選了一個最中意的名字當作自己的稱呼，所以我們也這樣稱呼他。」

希亞的心跳開始加速，同時雅歌也笑了出來，她嘲弄的表情似乎在說「妳為什麼裝作不知道？妳明明知道的」。

「湯姆。」

雅歌看著希亞說道：

「妳也見過他。」

希亞想起兩天前的回憶。

「妳同意了哈頓大人的條件，請在湯姆的手臂上用手指簽名，這將視為契約書。」

「……我是管理人莫里波夫人，雖然您已經知道狀況了，不過今天湯姆不是仲介了一份契約嗎？我這裡還需要幾個茶壺，不、不，還要更多，好的……」

與哈頓簽約時翻譯官所說的話，和在管理室聽到莫里波夫人對著電話那頭所說的話語，在這一瞬間宛如播放錄音帶般在希亞的腦中響起。

散落四方的拼圖碎片，用刺耳的尖叫聲一片片拼湊出圖形。湯姆的手臂，那條手臂上有著無數個名字，那麼那些名字內……

「惡魔的身體就是契約書，當哈頓要簽訂契約時，他即會召喚惡魔，員工們在湯姆的手臂上簽下名字的瞬間，形同隸屬於惡魔，因此哈頓能隨心所欲控制他們。」

希亞感到一陣絕望，因為那條手臂上密密麻麻的名字裡，很殘忍地……

「希亞。」

雅歌笑了。

「妳也在他的身上寫了自己的名字吧？那麼妳也隸屬於惡魔了。」

希亞無法好好掌握狀況，再加上她只憑藉敘述了解來龍去脈，她仍不敢相信自己也成了這殘忍故事中的一角。

「妳別太沮喪，至少妳找到解藥的話，就能破除合約了。這裡的員工可沒妳這麼幸運。」

雅歌臉上露出希亞第一次看到的表情，那是張難以輕易解讀的臉龐，不過不僅如此。

「這樣的話，我如果要尋找解藥，該怎麼做呢？」

這是一切的開端，也是最重要的主軸，發覺自己愈來愈接近結論的希亞，聲音開始顫抖，雅歌以平淡的口吻說道：

「我不是說過，讓夏茲成為妳的盟友。夏茲為了消除體內的惡魔需要湯姆，而召喚湯姆則需要將哈頓的怪病治療好。」

「所以最後還是……」

希亞的表情蒙上了一層陰霾。

「為了讓夏茲自惡魔手中自由，妳要幫哈頓找到解藥。」

希亞抬起頭，看著雅歌。

「而這個方法，其中一個是夏茲幫我尋找解藥，另一個則是奪取我的心臟，當作解藥……」

雅歌眼見希亞了解一切後，再度自顧自地笑了起來，可憐的希亞努力使自己不要暈厥過去，恐懼感席捲她的內心，使她嬌小的肩膀開始顫抖。

「請告訴我。」

希亞用殷切的口吻說道：

「告訴我該怎麼說服夏茲，和我一起尋找解藥。」

「抱歉，這件事應該由妳親自想辦法。」

現實是殘酷無情的，絕望的希亞看著雅歌，然後開口問出，打從一開始就好奇的問題。

「妳……」

她的聲音有氣無力，彷彿隨時會昏倒般。

「為什麼要告訴我這一切？」

希亞抱著狐疑，雅歌皺起眉間，希亞依然直盯著她，執意想要得到答案。因為在希亞與雅歌相處的短短幾天，她不認為雅歌是個會隨意釋出善意的人。

「這個嘛……如果要說的話……」

只不過雅歌的回答，卻將希亞帶進另一個未知的迷宮。

「或許是為了想要找回我的東西吧……」

在那瞬間希亞明白了，雅歌曾說過水晶球是她的寶物二號，那麼寶物一號是什麼，又在哪裡呢？

9

與夏茲的相遇

夜色在希亞與雅歌的地下室上方蔓延。另一邊，有名少年吃力拖曳著如夜空般的深黑羽翼劃過天空。龐大的羽翼像是就要吞噬少年，猛烈地上下震動，少年滿臉倦容，飛了好一陣子後，或許是因為已接近目的地，那雙羽翼緩慢其速度，隨後少年踏上月光灑下的陽台上。

陽台邊有著雕刻細緻精美的欄杆，底下是能將臉龐照亮得清楚分明的大理石地板，少年踩過的地板上留有鮮明血跡，少年滿臉疲憊，半睜雙眼，紊亂地吸吐著氣，自陽台走向室內，每一步皆吃力艱難，潔白的窗簾被沾染上大片血跡，少年不以為意。

每當少年往前走一步，他身上所覆蓋的烏鴉羽毛漸漸消退，待他走進房間內時，已不復見羽毛的蹤跡。

少年不顧那沾血的窗簾，逕自走進房間中央，他口吐著呻吟解開背上的披風，然後緊緊閉上雙眼，放鬆了警戒的神經。

「您終於來了。」

在那月光照射不到的一隅，站在黑暗之中的路易冰冷地說道：

「難道我們有約好時間嗎？」

少年咧著嘴，褪去披風，沒了披風的掩蓋，他底下染血的襯衫暴露於空氣之中，路易提起單片鏡，眼神銳利地看著渾身是血的夏茲。

「看來沒有傷得很嚴重。」

低聲嘟噥後的路易，用他那副官方的腔調開口說道：

「我奉哈頓大人之命，待您歸來時，要帶您去他面前，請隨我來。」

「怎麼常使喚別人來來去去的，煩死了。」

少年看似完全沒有打算起身，語氣滿是厭煩。他粗魯地解開襯衫的鈕扣，顯示出自己有多不滿。

「看來您還不知道，當您去贈送賄賂品給女王時，我將獻祭心臟合適的人選帶到哈頓大人的面前了。」

「啊，我又……」

少年無力說著他的辯解，將襯衫甩開後，換上一件全新的襯衫。

「是喔，終於找到了，恭喜你。」

路易觀察著少年的反應，接續說道：

「將人類帶來這個世界的意義，相信您再清楚不過，現在只要哈頓大人解開詛咒，即能召喚湯姆，然後您也能自惡魔手中……」
「好、好、好，我知道啦。」
少年聽得不耐煩，打斷了話語，不過路易仍執意將話說完。
「請聽完這番話，捉來的那個人……」
路易眨動著那雙異色瞳。
「不是普通人類。」
正在扣釦子的夏茲，看起來不為所動，路易繼續說道：
「哈頓大人最後吃不了那個人類的心臟，他們簽署了一份合約。」
少年的指尖停止動作，看著少年的反應，路易享受著短暫的主控權。
「雖然哈頓大人想要奪取人類的心臟，不過人類卻拿起妖怪的食物，威脅著要吃下肚，讓自己的心臟腐蝕。」
路易向夏茲一五一十說明著希亞和哈頓所定下的合約，聽完後的少年，嘴角勾起弧度。
「……是嗎？」
他將襯衫上的領子豎得立挺筆直，爾後抬起頭。他雪白的皮膚，成了長年深居雪山內，不曾照過一絲陽光的證明，那白淨的臉龐與灑進陽台的月光交融，纖長的睫毛下有著困在苦澀歲月裡的黑色瞳孔，那雙幽暗、深邃的眼眸。

夏茲直視著路易說道：

「那個笨蛋，在哪裡……？」

房裡流淌著冰冷的靜默，路易疑慮地看著夏茲，夏茲也毫不避諱，睜大雙眼等待他的回應，最後路易受不了，含糊其辭地說：

「……地下室，我聽說那個人在地下室，這一個月要住在雅歌的地下室。」

「真是最糟糕的住處呢，竟然要跟主張獻出心臟的人住在一起。」

聽到意料之外的答案，夏茲興致勃勃地看著路易低聲問道：

「不過……人類長什麼樣子？我從來沒有看過他們……跟我們很不一樣嗎？」

夏茲看上去真的很好奇，直盯著路易看。

「……長得很柔弱嬌小。」

「柔弱嬌小啊……」

看著夏茲反覆思索的樣子，勢必在盤算什麼，路易推了推單片鏡，夏茲奮力抬起步伐，用全身的行動印證路易的猜想是對的。

「看來我要去找一下人類了。」

路易扶著額頭，以一個傷痕累累的人來說，那興奮有力的步伐顯得突兀，咚咚咚的聲響使得路易頭都發疼，路易忍著快要從喉間迸發的嘆息，阻止了夏茲。

「停下動作。」

那道低沉的聲音自深處傳來。

遏止了夏茲正要轉開門把的手。

「正如我方才所說，我現在必須將您帶至哈頓大人面前，其他的私事請之後再處理。」

夏茲看起來絲毫不將路易的話放在心上，他轉身面向路易，張開雙臂，露出身上的傷口。

「如你所見，我現在可是受傷的人，以這樣的狀態去見哈頓不太好吧。」

路易看上去無動於衷。

「您剛才腳步踏得可有力了，看起來行走方面沒有問題……」

「你在說什麼啊？你沒看到我剛剛有多吃力才能走進房間嗎？」

夏茲厚臉皮地說著不像樣的辯解，走至後面的椅子，一派輕鬆坐了下來。路易明白夏茲不會乖乖聽話。

「我要先擦藥，幫我拿繃帶來，我的翅膀已經受傷，現在飛不了。」

夏茲整個人深陷椅子內，一動也不動。路易實在是受不了他的任性，卻也別無他法，放棄與之爭辯，因為誰也勸不動他，路易嘆了口氣，移動腳步。

「……我拿繃帶過來。」

向門走去的路易忽然停下並說道：

「在我回來之前，請不要離開，在這裡等待。」

路易出去之後，嚷嚷著自己是負傷之人的夏茲，以過於安然舒服的姿勢躺在椅子上，一邊摸著自己的指甲。他輕輕起身走向關起的門，悄悄轉動門把，果不其然門已經被上鎖，他放開手，無奈笑了。

「路易你為什麼要這樣呢，明知道鎖著的門只要撞破就能開了。」

夏茲轉身，走向不久前飛進來的陽台，夜晚的春風夾雜著月光，冷颼颼貼上他的肌膚。

他踏上陽台，俯瞰整座庭園，身體兩側駭人的烏鴉翅膀悄悄展開，將皎白的月光全然覆蓋，原先似乎在觀賞櫻花盛開美景的夏茲，驟然之間一躍而下。

——那道門才剛換沒多久，應該不需要再換了吧。況且我的翅膀其實完好無缺呢。

遼闊的夜空裡掠過一道深色的身影。

同一時間的地下室，與那陷入寂靜的大理石陽台有著截然不同的情況發生。

「呃啊！話說回來，裘德這小子為什麼還不起床！太陽都已經完全西沉，月亮都高掛於空了！他平常在太陽一下山就會勤奮地開始幹活，一定是最近我對他太好，都敢騎在我的頭上了！他到底在幹嘛？妳這不會看臉色的笨鴿，還不趕快去叫醒他！」

雅歌像頭盛怒的猴子，暴跳如雷。傍晚時分醒來後，聽了一長串關於夏茲故事的希亞，原本還在消化這龐大的資訊量，冷不防地被雅歌的斥吼嚇了一大跳，驚恐地豎直了腰脊。

「好的！我馬上去。」

雅歌光溜溜的四方形牙齒對著希亞大呼小叫，希亞逼不得已趕緊急忙衝向裘德的房間。

「等一下！」

雅歌一聲高喊，止住了希亞的腳步，她揮手要希亞過去，不明所以的希亞靠上前，當看見雅歌手上的物品時，差點發出驚呼，雅歌的手上握著一把槍並塞給了希亞。第一次看到槍的希亞驚恐無比，雅歌一臉竊喜地看著少女的反應。

「那傢伙是叫不醒的，要開個幾槍才會起來。」

愣然的希亞張大著嘴，雅歌用其粗壯的手臂推開她，催促她趕緊過去，希亞被雅歌如牛的怪力逼到裘德房門的階梯，她因手上的槍感到不自在，彆扭地走進房間。

希亞的腦海仍舊一團亂，雖然需要時間整理腦中的雜亂思緒，不過她決定先叫醒裘德，不然雅歌一定不會消氣。她走進房裡，裘德今天也邊睡邊說夢話。

「飛吧！西洛！再飛高一點！」

他似乎做著騎乘西洛越過高空的美夢，雀躍喊叫著，嘴邊還流著一抹口水，頭頂像是蓋了座鳥巢，亂糟糟的，整個人呈現大字型，沉浸在夢鄉，希亞看著眼前的他，深深皺起眉頭。

希亞試著大力搖晃裘德，卻如雅歌所說他沒有欲醒來的徵兆，不知道是否是昨天跑腿太過疲憊，無論怎麼踢蹬或是搖晃，裘德的眼皮依然緊閉，雖然希亞知道朝向空中開槍，震耳欲聾的槍聲必能吵醒他，但是希亞覺得不需要如此，她決定先拉開窗簾，流通房間的空氣。

希亞謹慎地將槍放進口袋，將陽台兩側的窗簾收自一旁。拉開的窗簾間，抱著櫻花花瓣的春風吹進房內，今天的風似乎有些陰冷，或許是剛聽完雅歌的故事，影響了心情也說不定。

「我什麼時候能找到夏茲，找到的話又該怎麼跟他開口呢？」

在窗簾後展開的夜幕，如希亞的腦海一般深淵昏黑。

剎那間，收至牆邊的窗簾被一陣急促的怪風吹得劇烈。

「妳好啊。」

那陣怪風帶來一名少年，他背上的羽翼在空中劇烈拍打著。不待希亞後退，少年隨即伸出手，狠狠抓住希亞的脖子。

希亞試圖將手伸向一旁的窗簾，但是只抓得到虛空的微風，她不自覺伸進口袋，原來雅歌把槍遞給她別有原因。

「柔弱……嬌小……」

少年望著希亞低聲呢喃，她知道這句話直指自己。

「妳就是……那個人類。」

無論何時……

「我是夏茲。」

不幸並非自己所找，而是主動找上門。

黑夜襯底，櫻花飄逸，陽台上兩人對望的場景，彷彿下一秒將有高雅優美的古典音樂流瀉，他們之間的沉寂微妙得好比遲遲不破裂的水晶玻璃。

像是要把希亞的頭拔斷般，夏茲使勁掐著希亞的脖子，絲毫沒有鬆手之意，他近靠上前，乃至兩人的氣息交錯的距離，他那雙深邃的瞳孔，若似鋪開一張看不見的捕網，緊緊纏繞著希亞。被細長的睫毛覆蓋的那雙眼珠，無光亮也無希望，就連焦點也消失，空洞無比卻強烈萬分，讓人全身顫慄。

「依妳的反應來看，雅歌已經告訴妳我的存在了……」

——我到底有什麼反應，我連一句話都還沒說……他是從我的眼神看出來的嗎？還是……

希亞將手自裝有槍的口袋中抽出。

夏茲歪著頭，露出隱晦的笑容，低沉說道：

「我們彼此好像有很多話要說。」

希亞的眼神出現晃動。

「怎麼樣？想跟我聊聊嗎？」

希亞的腦裡一片空白，為了要活下來得趕快找到夏茲才行，不過她卻萬萬沒想到少年會主動找上門，毫無準備的她全然不知所措。

「妳不想跟我聊天喔？」

少年再度出聲，使希亞清醒過來，她回想起不久前雅歌所說的話，夏茲為了消除體內的惡魔，或許能幫助希亞一同找尋解藥，卻也極可能直接奪取希亞的心臟獻給哈頓。

「無論如何，妳都要讓夏茲選擇第一種方法。」

迫切的口吻在耳邊迴盪。

此話之意，即是要讓夏茲對自己感到滿意，若是要說服夏茲與她一同尋找其他解藥，就要讓夏茲對她產生信任，那麼現在即是大好機會，因為不知道往後是否還有見他一面的機會。

希亞開了口。

「……那要去哪裡談？」

面對比想像中來得大膽的回覆，夏茲在心中恥笑這名愚蠢的少女，他忍著嘴角的笑意問道：

「妳喜歡哪一種？被揹著還是被抱著？」

夏茲吐出一句沒頭沒尾的問題，希亞有些慌張。

「什麼……？」

「快點。」

「都可以？」

夏茲鬆開掐住希亞的手，伸直了原本彎下的腰。

「既然這樣，那我就自己決定了。」

正當希亞想問明白夏茲究竟什麼意思時，她整個身體被懸空抬起，夏茲把希亞往肩上一拋，像是隨意揹上行李般，然後轉身朝向陽台外端，展開翅膀。

希亞放聲尖叫，她緊閉著雙眼，不敢睜開看，不過她確定自己橫躺在夏茲的肩上，並在空中飛行。那道速度快如閃電，以這種飛行速度隨時都可能撞到物品，這與她畢生曾坐過的遊樂設施是截然不同的等級。再加上她的手腳懸空，像隨時都會墜落般晃動著，她使盡全力牢牢抓著夏茲的後背。

「呃啊啊！慢一點！」

冰冷的夜風快速擦過臉頰，即使希亞驚愕地大聲尖叫，夏茲卻不為所動，反而還加快速度，就算希亞懷疑夏茲是故意加速的，但是卻連質問的餘力都沒有。

「啊！」

原本繞在腰間的手瞬間鬆開，希亞清楚感覺到身體往下墜的失重感，她再度放聲大叫。下一秒，她發現自己被隨意丟在櫻花花瓣所堆疊起的花毯之上。

——臭惡魔，真是一點禮貌也沒有……

所幸她所落下的地方地勢較低，柔軟的花毯成了接住她的墊子，並沒有傷到哪裡，只有點疼痛罷了。

希亞揉著發疼的部位，狠狠瞪了夏茲一眼，夏茲卻輕柔地降落在地，迅速收起翅膀，他看著希亞問道：

「喜歡這裡嗎？」

希亞現在才明白，少年用行動回答了自己剛才的問題，她四處張望著自己的所在地，這裡可謂櫻花的天堂，薄如韓紙的櫻花灑滿四方，櫻花樹隨風搖曳，下起櫻花雨，夜空被繁盛的枝枒填滿，整個世界渲染成一片溫柔的粉色。

「好漂亮……」

這裡有著令人讚嘆的浪漫情懷，若不是跟想要奪取自己生命的人來的話，該有多好……

櫻花花瓣在一旁疊起如雪堆的小山，夏茲開了口。

「妳知道我為什麼要帶妳來這裡嗎？」

不可能知道答案的希亞當然啞口無言。少年卻露出牙齒笑了起來。

「這裡跟我生活過的地方很像。」

此話一出，粉紅色的櫻花瓣驟然消失其色彩，化為慘白，輕柔飄下的櫻花化為寒冷的雪片，將一切覆蓋凍結，空中還捲起刺骨的暴風雪。

身處在暴風雪當中的希亞想到，夏茲在遇見惡魔前，住在那個高聳覆雪的高山上，希亞覺得自己身歷其境，有了自己就在那座山上的錯覺，害怕的她顫抖不已。

「雖然彼此都有想說的話，不過讓比較快凍死的人先說好了。」

暴風雪中屹立不搖的那雙深色瞳孔，緊盯著希亞。

「我勸妳快點說一說，現在是幹活的時間，我可是偷溜出來找妳的。」

委婉督促她的夏茲等待著她發話，希亞摸了一下剛才被緊勒的脖子，深吸一口氣，試著將過度跳動的心臟冷靜下來。希亞苦惱著該對夏茲說什麼，現在開始的每分每秒都迫在眉梢，每一句話皆關乎希亞的命運，只要錯一次，希亞極可能被奪去心臟。

希亞抬頭，直視那雙冰冷的雙眸，雖然她有千言萬語想說，但是最終，這一切都只是一句話。

「幫幫我。」

10

暴雪中的一天

「幫幫我。」

希亞懇切地說，不過夏茲的臉上只有嗤之以鼻。

「我們一起尋找解藥吧，如果你願意幫我一定能找到。」

看著夏茲不為所動的反應，希亞仍提起勇氣殷切地拜託他，不過夏茲只是愈笑愈厲害，笑得眼睛瞇成線，發散一股狂妄的氣息。

「妳現在是要我做免費的義工嗎？我的眼前就站著那個解藥，耳朵還能清楚聽見那顆心臟砰咚的聲音，我為什麼要放棄這個機會幫妳？」

夏茲笑得鼻間發出聲響，不可理喻地看向希亞。

「我就知道你會這樣說，所以才拜託你的。」

希亞按捺著緊張的情緒回答他，感到無語的夏茲像是在看戲般盯著希亞要說出什麼話。

「你想要殺掉我並奪去我的心臟嗎？你不就是不想再做這種骯髒的事，才想逃離惡魔的掌控嗎？」

夏茲的眼神變得有些微妙，那個反應希亞不知該如何解讀，她顧不了那麼多，清清喉嚨強而有力地說道：

「就此停手了，好不好？我現在並不是在求你幫我，而是在闡述正義。」

為了不被暴風雪影響，希亞用盡全身的力氣抑制自己不發顫，過度緊繃的身軀使得嘴唇都發紫。

兩個人之間又陷入一陣沉默，很快地一陣暴風雪襲來，將那份沉默打破。

夏茲笑出了聲，這次可謂放聲大笑，笑得猶如失心瘋，他的樣子在希亞眼裡跟瘋子沒有兩樣，希亞滿是困惑，自己說的話是如此真摯，一點可笑的部分都沒有。

當希亞呆望著眼前的情況時，夏茲才好不容易停止發笑，回看著希亞說道：

「真是單純，人類都像妳這樣嗎？」

夏茲笑著對希亞說，當他說出單純兩字時，希亞馬上就意識到自己說錯了話。

「妳認為我是因為不想再殺人，所以才要奪去妳的心臟嗎？」

夏茲垂下眼角，他覺得眼前的女孩真是單純可愛，那雙眼神就像看著家畜的主人，待家畜長大、生肉後，就要宰來吃的那種主人。

「我不知道妳所在的世界是怎麼一回事，但是在這裡，殺死別人是很普通的事。」

希亞整個人僵直在原地，夏茲看著她陰險地笑了。

「我的家人也是這樣死掉的。」

那道尖銳的話語像陡斜的山稜線刺穿天空，從那道裂痕滴下鮮紅血滴，瞬間將四周染紅。希亞腦袋一片空白，像座無聲的隧道，夏茲卻格外泰然。

「妳什麼都不懂，將正義掛在嘴邊是只有少數人擁有的特權。」

夏茲低沉呢喃。

「那才不是特權，每個人有選擇的權利，我有，你也有……」

希亞堅定地反駁他。

「八歲時，當我放學回家，我看見爸爸握著刀，死在家門口，正在廚房裡煮眼球濃湯的媽媽，面部朝下埋在火爐之間，被燒得燻黑，而我的手足被浸泡在浴缸的血紅色泡沫內，整個人皮膚腫脹，死在那裡……」

「那不能成為殺死別人的正當理由。」

這番話對於十六歲的希亞來說太過衝擊，即使她想摀住雙耳、緊閉眼睛，夏茲仍接續說道：

「幸虧隔壁鄰居的老嫗收留了我，讓我免於在外頭流浪過日，老嫗安慰看到家人慘死光景的我，待我很好，將我視為自己的家人……」

「那你為什麼還……」

「老嫗白天時像其他的妖怪般入睡，夜裡起床工作，但會不定時抽空來陪我玩。我晚上大多的時間皆待在家，等待她的歸來，而白天就不睡覺，鍛鍊自己的武藝，我發誓要找到殺死家人的兇手，讓他付出代價。」

此時的暴風雪仍舊猖狂地吹著，但是夏茲的身世比起暴風雪來得更加令人心寒，讓暴風雪成了毫無用處的背景。

「每天即使全身布滿難以計數的傷口，骨頭猶如要粉碎般疼痛，我依舊不放棄練刀法與射擊。」

希亞無法想像比自己還要年幼的夏茲，是如何熬過那種鍛鍊。

「晚上回家的老嫗不會多問，她會細心地幫我擦藥，煮飯給我吃。我就這樣維持了十年左右的鍛鍊時光。結束鍛鍊的某天，我找到當時唯一一個擁有水晶球的女巫，也就是雅歌的家，並偷偷潛入。因為我知道水晶球使用方法，想利用水晶球找出兇手是誰，根本不是難事。」

夏茲似乎說得有些無趣，反覆摸著指甲。

「結果就是那個老嫗，殺死我全家的兇手。」

希亞無法做出任何反應，夏茲用眼角瞅了一眼，放肆地笑了起來。

「這樣妳懂了嗎？這個世界就是這種地方，街坊鄰居、親朋好友相互殘殺，甚至連家人間也彼此傷害，我從八歲就知道這裡是這樣的世界，其他的妖怪就算各有不同遭遇，卻也大同小異。在這個是非顛倒的世界，究竟有幾個正人君子能履行正義？」

希亞張開了僵硬的嘴，她想開口問，卻被喉間滿溢的情緒堵住了嘴，不過不待她著急，夏茲明白她想問什麼。

「我沒殺她。」

他說了這句話，雙眼空洞，不帶一絲情感，看起來格外淒涼。

「雖然我想殺她，我拿著刀站在熟睡的她面前，從白天站到入夜，就只是那樣瞪著她看……」

夏茲似乎不想多聽希亞開口，在她說話前接續說：

「當我真的下定決心要殺她的那刻，老嫗醒了。她睜開眼睛看到我，竟然說我的肚子一定餓了，然後煮了碗眼球濃湯。」

面對殺死家人的兇手所煮的飯菜，希亞一定一口都不想吃。

「我還是硬著頭皮吃了，雖然一點也不好吃。」

夏茲輕聲說著。

「那天當老嫗出門後，我馬上就離家出走了，我從那時候開始就住在長年覆雪的深山上，我會的只有殺人與偷竊，那是我生存下去的唯一方法。」

夏茲用著半垂的眼，看著希亞。

「換作是妳，在這種狀況下，還會說不能殺人嗎？」

他穿過凜冽的暴風雪來到希亞面前，抬頭看向希亞。

「妳如果過上與我相同的人生，會選擇其他的道路嗎？」

夏茲的眼神有別於剛才的空洞，換為具有侵略性的眼神，看來像隻隨時都可以撕裂希亞的猛獸，他似乎在威脅希亞給出答案。

「如果是我……至少我不會奪取別人的性命。」

即使那是個悲慘至極的童年遭遇，希亞還是無情地給出答案。希亞閉上雙眼，掩住耳朵，她比任何時候都需要理性的判斷。

「是喔。」

夏茲的回答比起預想的來得冷靜，希亞睜眼看著他，難以置信的是夏茲溫柔地笑著，甚至是任誰看了都會心動的笑容。就在一瞬間，那雙彷彿看穿人的深色瞳孔猝然化為如鐮刀般的彎月形。

「那妳為什麼要把槍放在口袋裡？」

那乾淨的聲音卻問了句單刀直入的問題。

兩個人之間只有一個手掌的距離，那把黑色手槍像鐘擺置於中間左右搖擺，看著那把手槍，夏茲笑得更深了，希亞感到心裡一沉，眼前漆黑，雪片迅速吹過希亞全身，她渾身發抖。

「妳這樣不是言行不一致了嗎？」

夏茲斯文有禮地勸誡她，臉上的笑意像是自己早就料想到現在的窘境，欣喜看著接下來的發展，夏茲拿起槍轉過身，將彈匣內的子彈倒在手心裡。

「一、二、三……八顆子彈，妳準備得真充足。」

子彈一顆顆裝入彈匣，傳來清脆的聲響，希亞著急地解釋。

「我不是要用來傷害人的！是雅歌要我去叫醒裘德，她說說不定用得上……我也沒辦法。」

「真卑鄙。」

不急不徐的一句話，瞬間將希亞的辯解徹底粉碎。

「真的沒辦法嗎？妳打從第一次看到我的瞬間就使勁地握著槍，難道妳以為我真的不知情？」

夏茲再度轉過身看向希亞，他的笑容邪惡又兇狠，另一隻手把玩著槍。

「妳帶這把槍，不就代表如果情況所需，妳也可能殺死別人嗎？」

「起碼我不會去殺人。」

希亞因為自己言行的矛盾，感覺被赤裸地恥笑了一番，她雙頰漲紅。

「我也是……有原因的。」

她說出無力的辯解，夏茲笑著低下頭。

「那無法作為殺死他人的理由。」

夏茲將希亞對自己說過的話，原封不動還給她，他用那雙藏於纖纖睫毛下的深邃瞳孔靜靜地盯著希亞。

「我也有苦衷，到頭來妳跟我是一樣的人。」

他嘲諷著她。

「只不過，我認同腦海裡的那個想法，並且能鼓起勇氣付諸行動，而妳卻爭辯至最後一刻。」

「我不是故意要……」

正想開口解釋的希亞，因爭辯兩字退縮了。

「當人所隱藏的本性被暴露在外時，就會藉由批判對方，塑造自己為行使正義之事的人，並從中獲得自我滿足。」

「我現在並非在祈求你的協助，而是在闡述正義。」

希亞後悔不久前還自信滿滿所脫口而出的話。

「那才不是正義。」

夏茲壓低聲音，希亞感覺全身四分五裂，靜靜流入耳膜的那道聲音，壓迫、強烈、震撼。事到如今，想要說服夏茲的想法，成了不可能實現的天馬行空。何來說服，反而被夏茲操控於股掌之間。

喀嚓，夏茲將彈匣裝進槍內，用憐憫的眼神看著希亞。

「別將妳無法捍衛的正義掛在嘴邊。」

希亞未能反駁，劇烈的大雪下又陷入寂靜，夏茲似乎早已知道她會啞口無言，就只是靜靜地盯著她看。

「既、既然這樣……！」

她倉促大吼著，不想要就此認輸、被夏茲強大的浪潮席捲而去。

「你要是覺得殺人是件稀鬆平常的事，那為什麼要擺脫你體內的惡魔？」

希亞陷入慌亂，她將腦裡亂成一團的想法，隨便抓了一個就脫口而出。

問出口後她也真的打從心底想知道答案。據雅歌的說詞，夏茲因為被惡魔掌控，胡亂地到處殺死妖怪，所以想要掙脫這種掌控，那究竟是因為什麼理由……？

「如果家裡失火。」

夏茲開口的第一句話使人摸不著頭緒。

「面對急遽燃燒的火勢，有人會趕緊逃出家門，卻也有人不會馬上奪門逃跑，而是留在火場裡浪費時間，找尋珍貴之物，無論那珍貴之物是生命還是物品。」

夏茲端詳奪來的那把槍。

「問題是這樣下去全都會被燒死，大火蔓延的速度豈是我們能贏得過的，為了找回那些東西，根本沒時間逃命。」

那把黑色的槍，外殼堅硬光滑，只不過年代久遠，表面幾乎褪色，夏茲將眼神自槍把上移開，望著希亞。

「這樣不是很可笑？人們為了守護珍貴的東西，使自己被活活燒死。」

夏茲的眼神格外冷靜，低聲接續說：

「若是對某物產生情感，那即是你的弱點。」

莫名其妙的一段話使希亞感到萬般困惑，她不明白這件事跟夏茲想脫離惡魔有何相干。

「這件事跟惡魔又有什麼……？」

在希亞還沒將話說完前，夏茲開了口。

「惡魔進入我的身體後，就是這件事使我最痛苦。他清楚知道折磨我的方法，他讓我下山，四處交朋友、成為一個好鄰居，與他們建立感情。」

「然後呢？」

希亞意識到已經逐步接近答案，使她開始緊張。夏茲卻笑著說道：

「然後再把他們殺個精光。他控制了我的手，這裡一刀、那裡一刀，讓我的嘴巴掛上微笑，我唯一能做的就是流下淚水……我無從抵抗，因為惡魔徹底控制我的一舉一動。當殺完了這群人，我又到別的地方與人友好、親近，然後再結束他們的生命，建立情感、奪取性命……不斷重複……我落入無止境的惡性循環。親手殺死我所愛的人、對我友善的人，我看著他們被我殺掉、殺掉、殺掉、殺掉、殺掉、殺掉、再殺掉。」

夏茲摸著槍，像失去理智般喃喃自語，即使希亞想出言叫他住口，不過這句話對遭遇這種事情的夏茲，是多麼自私的一句話。親自痛下毒手，看著所愛之人在面前死去，誰不會發瘋，光是想像就使人近乎抓狂。

「夏茲不見了！」

「又不見了？」

此時，遠方一陣高喊穿過暴風雪而來，看來夏茲偷偷來找希亞的事被發現了。

「趕快找出他！」

「天哪，他到底又溜去哪裡了？」

此起彼落的抱怨聲搗亂了希亞的思緒。希亞此時突然想起了些什麼，一道冰冷的顫慄竄過背脊。

——對了，夏茲為什麼會來找我？我因為需要他的幫忙，所以必須找到他，那夏茲找上我……也一定有原因……！

11

幻覺

摸清身處危險之中只是一瞬間的事。希亞的心臟大力跳動，渾身猶如紙張般不由自主地顫抖著，雖然希亞想奪去夏茲手中的槍，不過那是不可能的事。

夏茲講完話，忽地抬起頭，看著發顫的希亞。

「妳很冷嗎？」

暴風雪在他們的周圍從剛才就不見減弱，這是個理所當然的問題。

「說得也是，為了在這種低溫存活下來，我花了好幾年的時間適應。」

夏茲在被惡魔控制前居住在高山寒帶，希亞想起夏茲說這裡和那座雪山很相像。現在的夏茲看上去有些開心。

「那妳知道我為什麼刻意要選擇住在那種冰天雪地嗎？」

希亞愣在原地，很不湊巧的，她清楚知道答案。

年幼的夏茲拿著刀，站在已經形同家人的老嫗面前，遲遲無法下手，他為了不讓那天重蹈覆轍，為了不再讓情感成為自己的缺點，他選擇逃往深山，那個與世隔絕之處，能使這個教訓更加深入骨髓、烙印在心上。他再也不會被任何人背叛，也不再會動手前猶豫，年幼的夏茲要阻斷自己可能種下的留戀，於是將自己隱居在深山之中。

在遇見惡魔前，雪山對於夏茲而言，是能毫無罪惡感殺死妖怪的地方。那麼倘若現在希亞所在之處與雪山相似，那便代表……希亞心中的懷疑逐步明朗，臉上失去血色。

夏茲低沉呢喃道：

「在這裡我能不帶任何罪惡感，加上面前的妳也與我毫無關係。」

夏茲發出一聲讚嘆，這是多麼完美的條件。

夏茲伸長手臂，在空中劃出一道優雅的弧線，像是要向與少女握手以示道別，只是他的手上是把槍，而非張開的掌心。他瞄準獵物的姿勢乾淨俐落，顯現出純熟的技巧，暴風雪颳得更加肆虐，強風將夏茲黑色的頭髮一致地吹向後方。

「哈頓答應給我一個月的時間，並說好在那之前不會殺我！」

希亞慌張開口大聲喊叫，槍口卻依然對準她，夏茲勾起一邊的嘴角。

「誰說要殺妳？」

他親切地笑著。

「我有能力射完這裡的八顆子彈，還讓妳繼續呼吸。」

夏茲嘴角的笑意消失了，那抹看向希亞的純真眼神似乎不認為自己的行為有何不妥。

「他只說不能殺妳，沒說不能傷害妳。」

夏茲打算讓希亞承受不會致死的痛苦，使她自願交出心臟。希亞面臨前所未有的恐懼，大腦已經無法正常思考，她甚至不知道現在的自己是站著，還是已經昏倒在地，渾身像是遭逢地震般劇烈晃動。

「我答應妳，不會隨意奪取妳的心臟。」

少年笑得燦爛。

「在妳苦苦哀求我之前……」

狂妄的黑潮淹沒希亞，她呼吸不到空氣，眼前盡是漆黑。當那句強大到能吞噬所有聲響的聲音迎來句號時，槍聲劃破寂靜。

碰！

她連閉眼的時間都沒有，強行鑽入腦海的槍聲響起後，第二槍隨之而來。

碰！

——咦？

希亞的視線漸漸清晰，睜開眼後看見夏茲僵直的表情。

「怎麼回事？」

夏茲一臉困惑，又再次朝希亞開槍，碰！響亮的槍聲鼓譟之後，飛向希亞的子彈碰觸到前方突然出現的手臂，隨即被彈到其他方向，那條透明的手臂上頭有著各式各樣的字體，寫著一個個名字，雖然只看過一次，但看過一次就印象深刻，那是湯姆的手臂，那條奇怪手臂抵擋完子彈的攻擊後，很快又消失得無影無蹤。

夏茲臉部扭曲，咬牙切齒。

「妳跟哈頓簽約時該不會是簽在湯姆的身上吧？」

尚未搞清楚狀況的希亞，說不出一句話，這究竟是怎麼一回事，夏茲明明開了槍，槍聲也震耳欲聾。可是看著夏茲憤怒的神情，她慢慢了解情況，自己的一條小命是保住了，不過為什麼呢？湯姆的手臂為什麼會出現，幫自己抵擋子彈，然後又隨風消失？

希亞腦海中的齒輪嘎嘎作響開始轉動。原來湯姆作為擔保的這份合約，保障了這個月裡她的人身安全不受任何威脅。

理解眼前情況的希亞，擁有一絲希望，她第一次感受到原來隸屬於惡魔之下也有這種萬幸。

「在那裡！」

「呼，竟然在餐廳開槍……也不顧現場客人的觀感，會做出這種事的也只有夏茲了！」

打破沉默的聲音自四方愈靠愈近，看來在找夏茲的員工們，聽到槍聲後正趕往這裡。脫離生命危機的希亞，觀察著夏茲的臉色，他看上去忿恨不已，希亞害怕得縮起身子。

「天哪……」

抵達附近的員工們，看見原本應是粉色櫻花所點綴的浪漫庭園，變成風雪交加的曠野，無不看目瞪口呆。

他們小心翼翼地靠近愣在原地的夏茲。

「夏茲，路易急著找你……他說你又溜掉了……」

「因為哈頓大人要見你，你得趕快過去……」

怒氣衝天的夏茲咕噥道：

「我知道，我知道……！正要過去了。」

暴風雪驟然而止，曠野再度被櫻花包圍。夏茲對她說：

「下次見。」

希亞看著周遭環境的劇變，差點暈眩作嘔，夏茲看向希亞，溫柔地補充說道：

「如果妳能活到那時的話……」

他的背上不知覺已經展開翅膀。漆黑的烏鴉羽毛像是在粉色世界裡滴上墨水，一一飄落在地，夏茲瞬間便消失櫻花木間，希亞在心裡放聲尖叫。

夏茲朝向彷彿黑洞，無邊無際又淒涼的夜空飛去，天空像真空吸塵器，傳來刺耳的聲響，空氣被狂亂地攪動，夏茲拍動醜惡的羽翼，飛往哈頓的所在地，雖然胸膛上的傷尚未癒合仍隱隱作痛，不過他已經過於疲累，就連喊痛的力氣都沒有，這些傷也並非喘息片刻即能恢復。

夜晚的蒼空捲起冷冽的狂風，如一片昏黑的原野。星辰是偶爾照亮原野的路燈，不過似乎就連點燈的人也逃離他，星光只能發出極其微弱的燈光，無力地搖晃光源，隨時都可能被黑暗撲滅。

他看膩的這片風景，有人畢生從沒看過。若不是因為「那一天」，夏茲或許一輩子都不會看到這幅光景，狂亂的氣流吹動起那份朦朧的記憶。

「那一天」晚上，夏茲在雪山上趕走了兩個想來抓他的妖怪，他揣想下一個客人會是哪種呆瓜，不知道是覬覦懸賞金來抓他的笨蛋，還是想要委託他替自己幹壞事的笨蛋。因為只有在夜晚時分風之屍體才會消散，使自己的蹤跡顯露。所以他很確定不久後又會有客人上門。

他等著客人，一邊恣意享受自由時光，此時聽到山下傳來動靜，那道聲響毫不避諱，將自己艱難爬上山的一舉一動清楚地透過聲音彰顯出來，夏茲想知道究竟是哪個笨蛋，如此毫無戒備地找上自己。

那道聲音持續作響，好奇的夏茲快速靠近聲音的出處，愈靠近就愈響亮，對方怎麼會如此粗心，像是不在意夏茲到底是不是真的住在此地。然而就在夏茲見到勇敢的那個人後，他的雙眼放大震動，這幾年以來表情不曾出現過變化的他，此時卻無法隱藏自己慌張的神色。

「夏茲，我的孩子，我好想你。」

布滿皺紋的臉龐，吐著急促紊亂呼吸的老嫗，對夏茲張開手臂。縱使歲月流逝，她的聲音、表情、眼神，仍與他所等待的人如出一轍。她伸長手臂，督促著夏茲，不過雙方都知道那個擁抱不會實現。

兩人之間的距離並無縮短，盯著年邁老嫗的眼神逐漸冰冷。倉皇的神情也恢復原先的模樣。

「……妳是因為太老所以忘記了，還是不知羞恥……」

夏茲壓低聲音說道，在他眼中，率先張開雙臂，對自己展現關愛的老嫗，看起來是那樣令人厭煩又噁心，這突如其來的重逢，驚訝片刻就足夠，這麼多年不見，會再度相遇不可能單純是因為思念這種溫暖的原因。

「妳為什麼事到如今還來這裡找我……啊，是因為懸賞金嗎？」

他無情的數落脫口而出，看向老嫗的眼神沒有一絲依戀、懷念、不捨，所剩的只有埋怨。

「我難道會因為錢財，費盡力氣爬上雪山嗎？我只是想再次擁你入懷，我是來……帶你回去的。」

騙子，出乎意料之外的一番話，讓夏茲氣得無言以對，難道老嫗是因為上了年紀，頭腦都混亂了嗎。

「妳到底有什麼臉來找我……難不成聽妳這樣說，我就會乖乖回答『好的，走吧』然後跟妳走？跟妳這個殺我全家的兇手走？」

面對夏茲的嘲諷，老嫗只是帶著微笑，露出那個曾經安慰幼小夏茲的溫暖微笑。

「你講得一副只有你是受害者。想想這幾年以來你所做的骯髒事，收錢替人犯罪又有多高尚……」

看著夏茲不以為意的眼神，老嫗搖搖頭。

「你所殺的人也是某人的家人、戀人、朋友，你只因為金錢就結束他們的生命，雖然我無法仔細告訴你原因，不過當時我也是情非得已，必須殺掉你的家人。」

當夏茲想開口追問原因時，老嫗堅定地繼續說道：

「你殺人，沒有絲毫反省之意，而我扶養你，是我對於殺死他們的贖罪，那麼你還比我更心狠手辣不是嗎？」

夏茲無法理解老嫗藉由自己毫無愧疚之心的事實來批評自己的行徑，打從一開始，讓夏茲無法感受到愧疚或罪惡感的根源即是老嫗。

「至少我不會像妳一樣，厚臉皮地來教訓活下來的人。」

夏茲覺得現在的一切都很令人不悅。

「厚臉皮……原來這些話在你耳裡，只是讓我看起來更不要臉啊。」

夏茲對現在才來找他講往事的老嫗感到很厭煩，他不耐煩地想趕老嫗下山，卻被老嫗的一句話堵住了嘴。

「不過這不是我沒有羞恥心，而是我寧願被認為是厚臉皮的人，也要對你說這些話，因為你對我而言有多麼的重要。」

他沒想到，老嫗從剛才看著自己的眼神有多溫暖多情，宛如從前時光。

「我不是說了，我想要再抱緊你，我是來帶你下山的。」

那雙刻劃歲月痕跡、皺巴巴的手伸向夏茲。

「當時你還小，可能還無法理解。但現在你也已經長大成人了，應該能明白殺死他人、犯下罪刑是多麼稀鬆平常的事，所以別再生氣了，與我一起回到以前的日子吧。」

夏茲呆望著對他伸去的手，他記得那雙手上的每一條皺紋，似乎比當時再多了幾條紋路。

夏茲皺起眉頭，看著老嫗。

「真是裝模作樣，妳以為我會因為幾句話就跟妳走？我是那種執著於過往的人嗎？」

夏茲不想再與她多說什麼，想要就此離開，不過老嫗低聲說的這番話，再度抓住他。

「難道我說錯了？我知道你去找那個叫雅歌的女巫，還偷了她的水晶球，一知道水晶球不能預見未來，只能看到過往和現在後，不就又丟回給女巫了。」

夏茲直盯老嫗，老嫗露出明瞭一切的笑容。

「你所夢寐以求的未來，難道還有別的嗎？」

圍繞著陡峭山壁的金黃色星辰，各個燃燒自己，緊盯夏茲看去。

「你偷水晶球的目的，不就是想知道我什麼時候會來山上找你，什麼時候能再相遇，期待我再疼惜你嗎？」

星辰們好似在竊竊私語，說著那個女人什麼都知道。

「我養你幾年了，怎麼會不知道你的心在想什麼。」

一步，一步，她像條蛇慢慢逼近夏茲，嘶，嘶，嘶，老嫗口中念念有詞，彷彿正在催眠人心，她活像條響尾蛇。

響尾蛇若是搖動尾巴即會發出鈴鐺的聲響，原本在樹上棲息的松鼠，被鈴聲迷惑，爬出樹洞向下查看，當松鼠與毒蛇四目相交的瞬間，松鼠嚇得失去重心，自樹枝上墜落在地，瞬間成為毒蛇的食物。

「當人疲憊不堪或是孤獨時，若沒有能夠倚靠的對象，豈不是世界上最悲慘的事？」

老嫗沉重的話語，啃食著夏茲的心靈，他想拒絕，奮力搖頭，不過響尾蛇晃動了尾巴，那道神秘的鈴鐺聲響起，原本在樹上的松鼠，被聲音迷惑，望了樹下……

「我懂你內心在想什麼，我的孩子，你該有多煎熬。」

啊，響尾蛇已經爬到樹上。

「讓我視你為親生孩子。」

而且……響尾蛇的眼神柔和溫暖，太溫暖了，松鼠沒有掉下樹枝，響尾蛇搖著尾巴……緩緩靠近，老嫗伸出手，輕撫著夏茲的臉龐。

「我難道不知道，我們同為家人時，你有多麼幸福，這是我們能再次幸福的機會，若是又推開這次的機會，你又要獨自遺留在這座雪山，深陷後悔之中。」

老嫗輕輕地擁他入懷。

「我的兒子，我的家人。」

在老嫗的懷中，夏茲沒有掙扎，等他回過神來，已經被蛇身緊緊纏繞。

「你只要照我說的話做就好，那麼我就會萬般疼惜你，只要你照我的話做，完成我的期待就好，我僅有一個要求而已。」

老嫗在夏茲的耳邊呢喃：

「拿布禮草來見我。」

獵物被吃掉只是剎那間。

12

園藝師的禮物

失敗了，雙腿失去力氣的希亞癱坐在微風吹落的櫻花間，腦海裡充斥著不久前所發生的一連串衝擊，每一幕猶如相片不斷反覆上演，全身抽搐。她覺得自己就要失去意識，感受不到任何一點知覺，恐懼吞噬、無法冷靜，就連吸一口氣也顯得困難，連呼吸的方法也想不起來。

希亞雙眼無神，像疾速奔跑完似的張口喘氣，她費盡力氣才抬起手摀住臉龐，當臉一埋進顫抖的手心時，巨大的悲傷自底湧升，高漲至喉間，她哭了出來。

希亞放聲大哭，她第一次知道世界上竟然有人過著這種生活，也是第一次如此接近死亡，她深刻感受到那雙空洞的漆黑瞳孔，能將一切殘忍無情地席捲奪去。

她哭了許久，比起任何一次趁裘德與雅歌熟睡時的暗自啜泣來得厲害，她知道自己徹底錯失了某種事物，雖然連那是什麼她都還沒來得及明白，現在的希亞只能嚎啕哭著，將所有積累的悲傷一次傾瀉。哭了半晌後，希亞的眼皮因爆發的傷悲也腫脹起來。

希亞摸了摸刺痛的眼角，慢慢起身。嘶聲力竭哭泣後，多出了空間使頭腦得以冷靜轉動，思緒也變得清晰，不過她仍感到萬般空虛，悵然若失，她望向四周，庭

園的美麗景致在夜空之下更顯靜謐悠然，

——我該去哪裡？

希亞思索著，但她發現方向不是真正的問題。

——我要何去何從？

她再度自問，現在回地下室似乎沒有太大的意義。

——我該去哪裡才好？

雖然時間緊迫，但是在所剩不多的時間裡，希亞不知道究竟該做什麼，這才是她最恐慌的事。

「妳迷路了嗎？」

一道細微聲音問道。

「我……」

回過神的希亞左顧右盼，卻沒有看到人影，她以為自己出現幻聽，更絕望地低下頭。

然而就在低下頭時，一隻鬥牛犬看著她，希亞用力地眨了眨眼，鬥牛犬也對她眨動雙眼，她們就這樣呆望彼此好一陣子。

「妳迷路了嗎？」

鬥牛犬再次委婉地問。不，不是的，鬥牛犬沒辦法說話吧，不過不僅有說話聲，鬥牛犬的嘴巴也隨著聲音開合。

希亞訝異地說不出話，不知所措的鬥牛犬垂下雙耳，牠認為自己太倉促出現嚇到了眼前的人，只好在嘴裡喃喃自語，不時轉動著大眼珠。

此時的希亞也差不多了解情況，難道這裡的動物也會說話嗎，也對，雞蛋都會說話了，動物怎麼可能不會說話，也該適應這裡的運作方式了。

希亞深呼吸了一下，看著鬥牛犬，這隻鬥牛犬大概是希亞身高的一半，體型巨大，不過卻有一雙溫馴的眼睛，看上去一點也不帶威脅，米黃色的毛髮整理得乾淨優雅，像是草皮般柔順平整，她的頭上戴有銀色王冠，頸上繫著愛心項鍊，一切都與她相襯不已。

「妳……是不是迷路了？」

緊張的鬥牛犬更加小聲的問，這次希亞開了口。

「對啊，我好像迷路了。」

她抱以難以言喻的微妙心情回答了鬥牛犬，眼前的鬥牛犬看到希亞終於有反應，露出安心的神情。

「妳正打算去哪裡？」

鬥牛犬鼓起勇氣接續問，雖然聲音細小，聽起來卻是如此溫柔又友善，比起一般人類的聲音聽起來還要舒服。

「關於這個……我也不知道。」

希亞誠實回答。鬥牛犬不知道是不是覺得比起迷路，不曉得目的地的問題更難解決，她隱隱挑動著臉上的皺褶，似乎在思索什麼。

「既然這樣，我帶妳去找園藝師。」

她似乎對於自己的回答有些害羞，鬥牛犬紅著耳朵小聲說。

「園藝師？」

鬥牛犬慢呼呼地回答道：

「沒錯，園藝師是我的主人，餐廳裡的庭園就是出自於她的巧手！天底下沒有園藝師解決不了的問題！」

鬥牛犬雀躍地回答，讓希亞也不自覺露出笑容，看來鬥牛犬很信任她的主人。

「真的嗎？那帶我去找她吧。」

反正希亞也沒有地方可去，去找園藝師說不定能有意外的收穫。

因此，希亞與這隻可愛的動物一同走在庭園內，在夢幻寧靜的庭園景致裡，經過的妖怪似乎都只是幻覺，希亞覺得她與鬥牛犬像是走在只有兩人的世界內。

「妳叫什麼名字？」

原先靜靜走著的希亞打破沉默，鬥牛犬的臉上卻露出困惑的表情。

「我問妳叫什麼名字。」

希亞再度問道，鬥牛犬沉默了一陣子，然後低著頭咕噥。

「名字是什麼意思？」

鬥牛犬的回答出乎意料之外，希亞停了下來看著鬥牛犬，她看到鬥牛犬慌亂的神情，再次邁步前進，思考片刻後再度開口。

「名字……就像標籤，當對方稱呼妳的時候會說的詞彙，那就是妳的名字。」

鬥牛犬聞言，努力思索什麼，圓滾的大眼向下低垂，最後帶著一臉失落。

「我好像沒有名字。」

她落寞的回答讓希亞感到詫異。

「那園藝師都怎麼叫妳？」

鬥牛犬這次又更努力地思考，然後再度垂下頭。

「我想了想，園藝師好像沒有叫過我，每次都是我主動先去找她。」

鬥牛犬像是在坦白一個不可告人的秘密，雙耳完全貼在頭部兩旁，視線緊盯地面，希亞看著這隻動物可愛惹人憐憫的模樣，決定要替善良的她取名。

「既然如此，我來幫妳取名吧！」

聽到此話的鬥牛犬眼睛露出期待的光芒，希亞仔細端詳著鬥牛犬頭上的銀色王冠和布滿皺褶的脖子上所配戴的優雅項鍊，鬥牛犬就像位公主。

「Princess 怎麼樣？是公主的意思。」

希亞靈光一閃，觀察著鬥牛犬的反應，害羞的鬥牛犬卻依然垂下頭。

「那太誇張了。」

希亞只好再思考其他的名字，她沒有替別人取過名字，只好從自己最喜歡的書裡挑了一個名字。

「柴郡呢？來自某本書中一隻貓的名字。」

「……我討厭貓咪。」

「還是愛麗絲？是那本書的主角。」

「我沒有那種資格做主角。」

「紅心皇后呢？剛好配上妳的愛心項鍊。」

「太華麗了。」

絞盡腦汁的希亞看著鬥牛犬，無論哪種名字鬥牛犬都不喜歡，鬥牛犬察覺希亞的視線，羞赧地避開希亞緊盯自己的雙眼。

「我、我不用那種誇張又華麗的名字……我喜歡平淡無奇的名字。」

緊張的鬥牛犬胡亂回答，然後小心翼翼望向希亞。

希亞點點頭，再度陷入沉思，要找個平淡無奇的名字。希亞努力在腦裡搜索那些最普通平凡的名字。

「春子。」

「啊？」

看著鬥牛犬的反應，希亞笑著說道：

「叫妳春子怎麼樣？」

鬥牛犬再次聽到那個名字，感到有些不好意思。

「……我喜歡。」

鬥牛犬春子低聲回答。

「我們到了。」

搖擺著厚實臀部，一步步不斷走著的春子停下腳步，希亞隨她停下來四處張望，不過除了庭園內的花花草草之外，她只看到春子，沒有看到任何形似園藝師的人，希亞低頭望向春子，她羞澀地露出笑容盯著希亞看。

希亞忍不住心中的困惑，開口問道：

「春子，我沒看到園藝師耶。」

春子開心地眨眨眼說道：

「有啦，妳仔細看。」

春子用那滿是皺褶的頭部，努力指著某處。

「園藝師就在那裡啊！」

春子口中的「園藝師」是樹叢間的一處樹枝群，春子雀躍地朝向樹叢而去，然後對著樹枝說話。

「園藝師，白天睡得還好嗎？」

希亞張著嘴愣在原地，看著春子繼續對樹枝喋喋不休。

「我帶客人來了！她迷路了，需要您的幫忙。」

春子用天真單純的神情，開朗地說明來由，並且轉向希亞，示意要她過來這裡。不過希亞沒有那個時間與心思，去配合鬥牛犬的想像與那群樹枝打招呼。

「呃……春子！哈哈，我有點忙，我先走了喔。」

希亞露出尷尬的微笑，悄悄轉過身。她要在一個月的期限內找出無人知曉的解藥，時間已經耗費了三天，她哪來的閒暇時間像個傻瓜一樣跟樹枝講話……

「啊、啊，別走！妳別走啊。」

春子著急地呼喊著希亞，她哀切的呼聲讓希亞不得不回頭，那雙圓滾大眼苦苦哀求希亞，面對這麼惹人憐愛的鬥牛犬，希亞無法狠心離開，她嘆了口氣。

——待一會兒就好了，反正也無處可去。

於心不忍的希亞對自己說，走至那群樹枝前。

「打聲招呼吧。」

春子害羞地說，希亞不得已之下開了口。

「呃，妳好……」

沒想到自己竟然會對樹枝講話，希亞覺得自己成了名符其實的傻瓜。

「妳是人類對吧。」

希亞點點頭。

「沒錯。」

希亞看了一眼春子，她挪動了腳步向前靠上。瞬間像被雷電擊中般，那道聲音使她瞪大雙眼，走往樹枝而去，她難以置信地盯著樹枝看，甚至開始懷疑自己的精神狀況，希亞說不出話，只能呆望樹枝，而樹枝們繼續開口說道：

「那麼鼎鼎有名的人竟然來找我，許久沒有這麼有趣的事情了。」

樹枝的聲音夢幻優美，宛如會在夢境裡聽到的悠揚嗓音，既溫柔又穩重，如晨露純淨，似春風輕柔，那道聲音在夜晚中迴盪，明知自己很奇怪，不過希亞似乎正對著樹枝們露出沉浸於歡喜中的笑容。

「嗯……沒辦法了，有客人來訪，我一直躺著的話太沒禮貌了……」

優雅佇立於前的樹枝們突然開始動起，往上、往上，不斷往上生長，枝枒紛紛高展伸向天空，就像伸懶腰似，將原本蜷曲的身體完全伸展開來。

「天哪……」

希亞發出短聲的讚嘆，她曾認為的樹枝叢如今成了高大茂密、枝葉扶疏的高樹，即便現在是春天，樹上橘黃色的葉片仍繁盛，如女子的秀髮般飄逸於風中，在那之下有著一張白如雪花的臉龐，還有如綠寶石般的美麗眼眸，那塊寶石靜靜地看著驚愕的希亞，女子的另一邊眼睛則用眼罩裹住，上頭畫了與春子項鍊一樣的愛心圖樣。

臉部以下的身軀是白色又結實的木柱，有高低起伏的紋路，上頭鋪著一層淡綠色的布，難以置信的是，布的一角之下該是手臂之處卻是古銅色的結實樹枝。

那塊布有不少撕痕，甚至還沾染上血跡，似乎是被某物割劃過的傷口，希亞仔細看著園藝師的身軀，才發現她早已全身傷痕累累。

「這、這是怎麼回事……」

希亞詫異地連話都說不好，園藝師似乎對希亞的反應見怪不怪，沉穩地說：

「妳別嚇著了，這只是我的一部分。」

希亞怎麼可能不被嚇到，樹叢能說話就已經足夠使人害怕，更驚奇的是那樹叢竟能變成眼前長相奇特的女子，誰不會受驚嚇呢。

「請問……妳還好嗎？」

春子感到不知所措，用頭磨蹭希亞的手，小心問道。希亞感受到春子所傳來的溫熱體溫，逐漸恢復平靜。

「啊，我很抱歉，突然轉變太大，讓我一時有些難適應……」

對於希亞的歉意，園藝師點點頭。

「沒關係，是我忘了人類世界不會有這種事情發生，所以沒有事先提醒妳。」

園藝師從容不迫，以溫柔的口吻回應。

希亞抬起頭望向她，園藝師純潔白皙的身軀，如木柱般挺直高尚，透明又精巧的臉龐上所鑲嵌的綠寶石深邃眼眸，宛若夜空中閃爍的星辰，晶瑩剔透。

雖然她們靠得很近，女子的身上卻散發難以隨意親近的孤獨氣息，她是希亞所見過的妖怪之中最美麗的妖怪，不知道妖怪是否也有種類之分，但是女子比起妖怪更像是妖精。

希亞仔細研究著園藝師，她潔白身軀上的傷痕讓人難以忽視。傷痕們像是在白色軀幹上盛開的鮮紅色花朵，希亞心疼地皺起眉頭，她好奇女子身上為何有著那麼多傷痕。

女子不知是不是讀出希亞的心思，開口說道……雖然希亞自她的臉上，找不到嘴巴的蹤跡。

「漂亮吧？這皆是我努力的成果，像是某種勳章。」

希亞似乎不明白園藝師所指，她親切地解釋。

「或許妳已經聽說了，我負責妝點餐廳的庭園，這些傷痕都是工作中所產生的傷口。」

「園藝工作會受那麼多傷？是因為花上的刺嗎？」

園藝師垂下頭。

「不是，不是因為花刺。因為妳是人類，看來妳不了解這裡花的特性。」

希亞點頭，沒有否認園藝師的話。

「這裡的花與人類世界的花不同，它們更加美麗、香氣濃郁，也更加迷人。」

這一點無庸置疑。

「而愈美麗的事物，即代表蘊藏了更加危險的致命武器。」

園藝師用憐愛的眼神望向庭園。

「這裡的花會吸血。」

「什麼？」

園藝師驚人的回答，使希亞不敢相信自己的耳朵。園藝師看著那樣的她。

「不只是花兒會吸血，一小叢草木也會吸血，就連每一棵高聳的大樹也是吸血維生。滋養它們的不是水，而是血液，光合作用也是仰賴月光進行。」

園藝師緩慢地說明。

「所以我才會遍體鱗傷，我用我自己當作肥料，餵養我的庭園。」

希亞一句話也說不出口，園藝師泰然自若繼續說著。

「若是不以血液滋養它們，植物們就會枯萎，所以我在這些花草樹木們吸收月光的夜晚時分，用我的血灌溉它們。」

她的眼睛裡透出喜悅的目光。

「這片瑰麗的庭園即是我，我用鮮血所造就的迷人作品。」

她像是在說夢話，自顧自地說。

「無論是身上的傷口，還是我的一邊眼睛，甚至是我一邊的手臂，全都融入於我的作品之中。」

「可是……即使犧牲那麼多，妳還是想繼續照顧庭園嗎？」

希亞低聲問道，不過園藝師的回答卻是那樣絲毫沒有轉圜的餘地。

「不，我討厭這樣，不過我逃離不了。」

園藝師盯著希亞看，掛上悲傷的苦笑。

「因為我已經是庭園的一部分了。」

希亞感到心頭一陣冰涼，眼前可憐的園藝師，她的秀髮已經成為茂密的樹葉，身體已是庭園內的一棵樹，如她所言，她的一部分已經與庭園密不可分。

「我一生皆要為這片庭園工作，即使我的生命會一點一滴因此而耗盡……」

園藝師望向遠方說道：

「然後在不久後的將來，我會成為一副冰冷的屍骨，不用多久就會在庭園的一角盛開，在這裡工作的妖怪皆是如此，每個人皆為自己的工作而活，成為一個活生生的垃圾。」

園藝師無聲笑著。

「我們每個人都沒有時間概念，隔絕與外面世界的聯繫……像齒輪不停轉動，像座機器重複做自己的工作，直到死去的那天才能真正離開這間餐廳。我們屈服於斷氣前都無法解開的勞動詛咒，然後自我安慰著自己除了這裡，是個無處可去之人……」

希亞聽著園藝師的話語，想起她曾遇過的人們。一輩子喝酒、釀酒，在酒裡浮浮沉沉的酒鬼；一輩子都在煮茶，臨死之前都不能離開位置，要不斷聊天的吵夫人、鬧夫人；還有一輩子都坐在同一個位置，持續揉著麵團的淘氣怪。

園藝師曾說愈美麗的事物，代表蘊藏了更加危險的致命武器，這句話看來不僅意指庭園裡的花草樹木，更是這個世界的道理。

聽完園藝師的坦承，她們陷入好長一陣子的沉默，希亞沒有說話，只是環顧周遭，外表華麗精緻的餐廳，在那香氣誘人的外層底下，擁有一顆腐爛衰敗的心臟，明白這個事實之後的希亞，露出僵硬的神情。

「話說回來，妳不是很忙嗎？來找我有什麼事嗎？」

園藝師露出溫暖的笑容，輕快的聲音化解了沉重的氣氛，希亞抬起頭看著她。

「有我能夠幫上忙的地方嗎？妳說說看吧。」

希亞望著園藝師優雅的臉龐，雖然她露出開朗的神情，找不到一絲悲傷，不過卻像沒有綠洲的沙漠般乾燥無生命，希亞最後還是開了口。

「我在找能治療哈頓的解藥，不過我不知道該從何找起。」

即便希亞不認為園藝師能幫助她，但她禁不起園藝師督促的眼神，勉為其難地坦白了。

園藝師聽了希亞的煩惱後，卻露出燦爛的笑容並點點頭。

「妳知道嗎！說不定我能夠幫上忙。」

出乎預料的一番話猶如禮物般，使希亞又驚又喜。

「真的？妳能幫我嗎？妳知道有什麼方法嗎？」

希亞心臟大力跳動，催促著園藝師，她閃爍了一下那幽靜的翡翠瞳孔。

「首先，我們對於解藥沒有任何的線索，就連它是什麼型態也沒有人知道，對吧？」

希亞不甚明白園藝師所指，她細心繼續解釋。

「我是指，那個解藥可能猶如雅歌所說，是其他生物的心臟，也有可能是食物，也可能是其他物品吧。」

園藝師不疾不徐地講著，希亞焦急得大力點頭，園藝師朝向希亞看去的視線起了微妙的變化。

「那假如所謂的解藥是『植物』呢？」

希亞仍不明白園藝師的寓意，她只是靜靜露出笑容，然後不再說話，受不了的希亞開口問道：

「如果是植物，那又有什麼不一樣呢？」

園藝師露出一副理所當然的表情看著希亞。

「當然不一樣了，這樣一來，情況就截然不同了喔。」

園藝師緩緩回答。

「妳還不明白嗎？我是一名園藝師。」

「我知道妳是園藝師，可是那又……」

「看來妳還是不懂，我的庭園裡種有妖怪島上所有的植物。所以若是治療哈頓大人的解藥是植物，如此一來……」

「如此一來，解藥就能在庭園裡找到了！」

終於明白的希亞興奮大吼，那股突然找寶物般的希望，使希亞露出久違的欣喜，她開心地想大力擁抱聰穎的園藝師。

在希亞真的要跑上前時，園藝師冷靜地說：

「妳別太開心，沒有人確定解藥是不是真的是植物，不過若是我的猜想正確，那麼解藥就有很高的機率能在這座庭園裡找到。」

園藝師的理智分析使希亞也收起過於興奮的心情，專心聽園藝師的話語。

「庭園裡的藥草種類繁多，因此能治癒世上大多數的疾病，由於不知道哈頓大人所罹患的病因，可能會花許多時間尋找藥品，不過仍有一絲希望。」

聽著園藝師講出帶來曙光的機會，希亞努力使自己鎮靜下來。

「我能將藥草給妳，妳把每一種藥草帶回去研究，說不定能找到治療哈頓大人的解藥……」

聽到終於能夠活著回家的可能性，希亞的心充滿了希望。

「謝謝園藝師，謝謝妳！」

希亞不斷道謝，這是希亞到妖怪島之後第一次發出聲音笑著。即便沒人知道園藝師的藥草中是否真的有解藥，不過這一絲微薄的希望就足夠使希亞發自內心地感到快樂。

「不客氣，用我的血液所滋養的植物能用在如此富有意義的事上，是我的榮幸。」

園藝師露出羞赧的微笑。

「趕緊跟我過來，我帶妳去藥草的所在之地，快握住我的手，說不定妳的幸運就在這片土地之上。」

希亞相信這是世上最充滿祝福的天使之語。

「真的很感謝妳，我會仔細研究，不會有所遺漏的！」

希亞興奮地說著，對她來說，世上沒有其他物品比她雙臂間的草藥來得珍貴。

「請務必善待我的藥草們，希望妳妥善運用那猶如我的分身的它們。」

園藝師露出慈祥的笑容，希亞大力點頭，要園藝師別擔心，園藝師放心後繼續說道：

「當妳研究藥草時，將它們放置於陽光與月光都照射不到的地方曬乾。」

若說沒有任何光線所及之處，希亞所待的地下室剛好是最合適的地方。

——很好，就決定將它們貯藏於地下室了。

藥草的存放處沒有太大問題後，希亞點點頭，園藝師接續說道：

「曬乾幾天後，藥草會脫水發皺，然後將它們放在鍋中熬煮。」

雅歌煮魔藥也會需要大量的鍋子，地下室到處可見。

——很好，也無須擔心鍋子的問題。

「藥草滾了之後會冒起水蒸氣，每種藥草的水蒸氣皆有不同顏色。」

那單邊的纖長眼睫毛看向希亞，園藝師臉上露出笑容。

「這個步驟開始會有些困難，水蒸氣的出現代表藥草開始發揮功效，因此妳要找出與人類心臟擁有共通點的藥草。」

讓人一時摸不著頭緒的話，讓希亞顯得有些困惑，園藝師伸長手臂，輕輕覆在希亞的胸口。

「人類的心臟，是妳來到這裡的原因，也是妳為了活下去必須守護的事物。」

園藝師將手收回。

「聽好了，人類的心臟是現在唯一能治療哈頓大人的解藥。」

希亞聽著園藝師的解釋，直視她那雙深如大海的瞳孔。

「那麼若是真的有其他解藥，想必一定擁有與人類心臟相同成分。」

不過那片大海無論凝視多久，似乎只是將希亞捲入更大的未知，園藝師的語氣從原先的溫柔，轉為冷酷，並帶著嚴肅。

「妳要找出含有那項共通成分的藥草，當藥草滾起冒出水蒸氣後，妳要發瘋似的研究觀察，一定要找出與妳的心臟擁有相同特性的藥草。」

「可是我要怎麼知道……」

希亞尋求更具體的說明，不過園藝師卻就此低下頭。

「我能告訴妳的只有這些。」

園藝師露出無力的淺笑，緊閉嘴唇不願再多說什麼，那副模樣在希亞看來有些討厭。

「我無法告訴妳路該怎麼走，只能給予妳起點的提示。」

園藝師用憐憫的眼神看著希亞，她內心的想法希亞無從得知，園藝師的笑容還是那樣溫柔善良。

「起點需由妳自己尋找，選擇哪一條路而去，也是由妳所擇，即便那是項錯誤的選擇。」

希亞想從園藝師的臉上找出那副笑容的意義，不過園藝師很快就轉換了表情，將頭別過去。

兩人再度陷入了沉默之中，園藝師望著沉浸思緒的希亞，並對端坐在一旁的春子說道：

「送客人回去吧，我已經把這座庭園的事物都交給她了。」

園藝師輕柔的命令下，春子雀躍地看著希亞，將頭蹭向她，帶她往出口去。

「謝謝園藝師，再會……」

希亞朝向園藝師點頭示意後，園藝師已經消失無蹤，只有眼前矮小樹叢間的幾根樹枝，上頭眼熟的澄黃葉片，無力地搖晃，在希亞看來似乎像是乞求救援的求救訊號。

不知過了多久，抱著藥草跟春子不斷向前走的希亞，回到了不久前與夏茲對話的地方。四方仍是孤零掉落的櫻花花瓣，想到子彈可能落在這裡的某處，希亞就一陣反胃，查覺到希亞臉色沉重的春子停下腳步。

「怎麼了嗎？」

春子小心翼翼地詢問著。

「啊，沒事……只是剛才夏茲在這裡……」

希亞不知道該怎麼說明才好。

——夏茲告訴我他殘忍的過去，還朝我開槍，子彈們……

語句在腦海裡亂成一團，使她暈眩，春子好像能理解希亞的心情，點點頭。

「我知道，其實這種事已經不是一兩次了，沒什麼大不了的，妳還是盡早習慣會比較好。」

竟然要習慣這種事，雖然有些荒唐，不過以這個世界的價值觀來說，這種事情的確不值得大驚小怪，希亞知道自己要用與以往不同的角度來看待。

「可是夏茲不也是餐廳的員工，他可以這樣為所欲為嗎？」

其他的妖怪都要待在負責的料理室內工作，可是夏茲卻能瞞住其他人來找自己，甚至還開槍……

「雖然都是員工，不過還是有等級之分的。夏茲的工作跟其他員工不一樣，等級也不同，因此他擁有更多的權力。」

「他的工作是什麼？」

希亞突然感到很好奇，夏茲那種人究竟在這裡做什麼工作，總不可能是廚師或服務員。

「嗯，哈頓大人經常贈送下詛咒的女王賄賂品，而負責運送賄賂品的人就是夏茲。」

希亞看著認真解釋的春子，雖然曾聽雅歌說過哈頓不顧女王的命令，僱用了雅歌，因此受到詛咒而得怪病，不過卻沒想到這件事還衍生出這麼複雜的事件。

「這樣他就能擁有極大的權力嗎？」

希亞如此一問，春子額頭上的皺摺疊起又張開，努力思索著。

「這是件很不簡單的事情！女王因為過去的事還耿耿於懷，所以對哈頓大人和夏茲很不滿，每次夏茲獻上貢品時都必須要承受女王的攻擊，女王是這世界上最強的人，因此能抵擋這種攻擊的人，大概也只有擁有惡魔之力的夏茲。」

希亞回想起剛才的夏茲，他襯衫上沾染不少鮮紅血跡，該不會那就是……

希亞倒抽一口氣，園藝師說妖怪島上的人，皆是貢獻自己的一切在工作，看來夏茲也沒有例外，除了一點，這裡的員工必須做到生命結束，而夏茲只要在哈頓得到女王的原諒後痊癒，就能掙脫這個萬惡的輪迴。

「春子，女王什麼時候會原諒哈頓？」

即使知道春子不會知道答案，但她仍想聽聽看春子的猜測。

「女王不會原諒哈頓大人的。」

結果聽到的不是猜測，是肯定不已的句子。

「哈頓大人和夏茲也知道這個事實，明知道這一輩子不可能得到女王的原諒，還是繼續工作，哈頓大人想要折磨總是不順從自己的夏茲，所以命令夏茲擔任這項工作，夏茲沒有選擇權，他也只好聽命於此……」

希亞突然發現春子能毫不避諱地講著關於夏茲的話題。

「除了雅歌以外的妖怪都很害怕提起夏茲，春子妳沒關係嗎？」

希亞謹慎地問她，春子靦腆笑著。

「沒事的，夏茲若是發現有人偷偷談論他，就會使那個人生不如死，不過他絕不會傷害到我。」

春子的微笑很微妙，不過於興奮，也不至冷酷，那是道不溫不火的笑容。

「因為這間餐廳裡只有園藝師知道我的存在。」

聽著春子的故事，希亞似乎被某物迷惑住，意識有些模糊，不久後很快就又聽見鬧轟轟的聲音。

「請問……」

希亞回過神，看見春子用頭部示意前方，她轉過去看見在茂盛的草叢間，插著一根方向告示牌，告示牌由好幾個不同方向的箭頭組成，有些甚至還指著向地面或高空。

春子輕輕地說：

「妳要往哪裡去？」

那個她遺忘多時卻又是最重要的問題，她提起精神，知道自己現在要盡可能地獲得大量的資訊，而不是著墨於其中，無法自拔。她下定決心後直視春子。

「我要去地下室。」

希亞的回答讓春子搖搖頭，進而使她臉上原本的皺褶更加鬆動，不過春子似乎不在意皺褶。

「無論往哪條路去，皆能通到地下室，妳要選一個才行。」

「那我要最快的捷徑。」

希亞不再猶豫，不過春子卻突然害羞了起來，希亞不明白那是什麼意思，春子見狀不多說一句話，將希亞帶向某方。

春子將希亞帶到一座洞口，那座大洞又黑又深，像口無止盡的井，春子羞澀地笑著。

「這是我為了要埋零食所挖的洞穴。」

春子的體型龐大，看來食欲也很旺盛，竟然為了藏食物挖了這麼大的一口洞……

春子繼續說道：

「地下室是餐廳的最底層，所以只要往洞口裡一跳就能到達地下室，這是最快的捷徑。」

「什麼？」

瞪大眼睛的希亞這才明白剛才箭頭的意義，當希亞陷入慌亂時，春子就只是天真地笑著，然後用那雙溫順的大眼看著希亞，開朗地繼續解釋，不過內容卻足以讓希亞冒出斗大冷汗。

「嘿嘿，這口洞很深，有點難跟妳保證一定安全，不過確實是最快回去的方法！」

希亞察覺事情的不對勁，慌慌張張開口問道：

「無法保證一定安全是什麼意思……」

一旁的春子已經興奮地不顧希亞的話語，想到希亞可以進去她的傑作就開心不已，一心只想趕快將希亞推進洞裡。

「春子等等啊……」

她怎麼抵擋得了在身後使出全力推著她的鬥牛犬，即使出聲想阻止仍於事無補，希亞一下子就被推進洞裡。

「呃啊啊啊啊！」

宛如被吸進黑洞般，希亞高聲尖叫，鬥牛犬沒有發現希亞的婉拒，在洞口之外滿心期待能得到稱讚，用力搖晃尾巴看著掉落而去的希亞。

希亞瞬間就被黑暗吞噬，她以驚人的速度跌進更深、更深的黑暗之中。

那口洞是多麼的深，她已經掉落了好一陣子都還感受不到盡頭，當希亞已經開始習慣時，隱約瞥見底下的光源，然後朝這那道光失速降落。

「啊啊啊！」

感知到危險的希亞，下意識尖叫，緊緊閉上雙眼，她做好會跌得粉身碎骨的心理準備，害怕得顫抖不已。不過下一秒，卻撲通掉進一個相對堅固的物體之內。

咦？不明所以的希亞小心地睜開眼睛，眼前卻是裘德受驚的大眼睛，希亞這才發現自己掉進了裘德的懷中。

「啊啊啊啊啊啊！」

兩個人同時放聲大叫，面紅耳赤得無法直視對方，受到驚嚇的裘德氣得大吼。

「現在竟然不從門進來，直接衝破天花板了？然後還抱住好好待在這裡的人！」

「怎麼會這麼剛好掉在這裡啦！」

不知該從何解釋的希亞也大聲叫著。

「是妳故意要掉在我面前的吧！」

「才不是好嗎！一定是那隻看上去很無害的鬥牛犬故意設計我的！」

「什麼？哪裡來的鬥牛犬，也找點像樣的藉口！」

兩個人就這樣爭執許久，對於究竟是誰先抱誰爭吵不休，你一言我一語，地下室的吵鬧聲持續了好一陣子都沒有停息，同一時間，夜色愈來愈深。

那間房好似將窗外的黑暗原封不動裝進其中，哈頓坐在一張與他的體型差不多大小的黃金座椅上。與希亞訂下契約不過三天的時間，他的皺紋增加不少，身上的毛髮也被冷汗浸濕，使他更加衰老，現在的哈頓就連睜眼的力氣也沒有，他閉著雙眼癱坐在椅子上，像睡著似的，也像死了般……

當房裡的一切事物都靜止宛如失去氣息時，房門被碰的一聲打開，打破這陣寧靜，門縫間露出一道光，光線照射出路徑，少年踏著光走進房間，他的所及之處不時掉落的烏鴉羽毛。

「你還真慢，我吩咐路易帶你過來都已經是多久以前的事了。」

先開口的人是哈頓，他不像之前用手勢與希亞對話，也不是開口說話。而是聲音自他的身體傳出。

「喔，我玩了一下才過來的。」

夏茲不以為意地回答，絲毫感受不出有任何歉意。此時哈頓的注意力已經轉往其他的地方。

那便是他沾血的襯衫，看上去滿是鮮血，不過哈頓的態度卻不是如此。

「看來你這次沒有受多少傷。」

他的語氣聽起來比起擔心，取而代之的是更多的可惜。對於不尊重自己的夏茲，看到他替自己去女王宮殿時受的傷，反倒讓他擁有一種報復的快樂，只不過就算夏茲受了傷，也不會表現出痛苦的模樣。

「我挺幸運的，不知道為什麼，這次女王沒有糾纏我很久，很快就放行了。」

夏茲抬起頭，一眼望穿哈頓的意圖。

「你那是什麼眼神，失望我怎麼沒有多受一點傷嗎？」

夏茲用嘻笑的語氣，眼神卻如哈頓般冷淡。

「老實說，我不久前才經歷了很失望的事。」

夏茲舉起手，將衣袖上的烏鴉羽毛一一挑起。

「我原本打算殺了人類……」

黑色的羽毛在空中如鐘擺左右飄動。

「結果湯姆突然出現，打斷了我。」

掉落在地的羽毛沒入黑暗，看來已經淒涼地躺在地上的某處。

「你為什麼要讓人類在湯姆的身體上簽名？我本來就不滿意你與人類簽約，甚至還把事情搞得更複雜……」

講到這裡，夏茲銳利的眼神掃向哈頓，然後緩緩開口。

「……還是，你有其他目的？」

夏茲直接問向哈頓，哈頓也不多拐彎抹角。

「沒錯，我與人類的契約除了給她一個月的時間之外，還有別項內容。」

哈頓的聲音陰沉地在黑暗中作響。畢竟他不可能眼睜睜看著事情的走向演變為對他不利，如果他是那麼善良的人，就不會擁有現在的地位。所謂的契約，就是要對雙方平等有利才算公平，與希亞的合約也必定有對哈頓有利的條件。

「合約裡還有一項，人類在這個月不僅要找到解藥，還要協助餐廳的工作，如果無法完成餐廳的工作，就要馬上交出心臟。」

面對意料之外的回答，夏茲提起了一邊的眉毛。原本如湖水，沒有波動的雙眼，掀起了一陣蕩漾。另一邊如乾涸沙漠般的雙眼，瞅著夏茲。若是需要花上一個月的時間才能達成目的，那麼製造一條捷徑是最快的方法。

「夏茲，我的病惡化的速度比想像中來得快，這樣下去，不到一個月我可能就會死。」

聽著哈頓陳腔濫調的哀號，夏茲臉上露出乏味的表情，無動於衷地看向哈頓。

「因此在我的狀態更糟之前，要趕緊奪取她的心臟。」

哈頓看著夏茲不為所動的眼神，覺得很可笑。

——若是我無法恢復健康，就不能完整召喚湯姆，如此一來，也無法消滅你體內的惡魔。

「夏茲，這件事交給你去做，叫她去做以人類的力量絕對無法完成的事，讓她能獻出心臟，這件事不能再拖了。」

若是哈頓的病情惡化，影響最大的人就是夏茲，因此夏茲會比任何人都想盡快得到希亞的心臟，這層因果關係任誰看了都明白，哈頓盤算著不用多久，夏茲就能拿新鮮跳動的心臟來找自己。

夏茲則是一想到差事被增加就一臉厭惡，而這一切都在哈頓的預料之中，他因此補充說明。

「當你執行這項工作時，可以不用去找女王。」

這番話確實引起了夏茲的注意力，他將視線望向哈頓，哈頓繼續說道：

「不過，人類要是成功完成你交付的工作，屆時你就要向女王獻上大量的貢品，你做得到嗎？」

那道低沉的聲音，哐的一聲撞上夏茲的心頭。

不過他的眼神自信滿滿，他親手賜死過多少妖怪，僅僅一個人類有什麼困難……

「當然做得到。」

——現在馬上就做得到。

13

脫逃

希亞自睡夢中甦醒，大約是夕陽緩緩西沉時。她來到這裡後，作息也調整成妖怪的生活模式，她爬起身從陽台望去，已經有許多妖怪正步入餐廳。

眼前的風景如今已熟悉，也習慣每天傍晚時分醒來，即能看到餐廳裡的妖怪們各自在崗位上忙進忙出，客人也紛紛湧至。在這個眾人才剛醒來，可說是人類世界裡的早晨時分，就已有那麼多客人等著光顧，看來路易介紹過這裡是間相當知名的餐廳，並非言過其實。

看完這副熟悉的場景後，希亞為了還在熟睡的裘德將窗簾拉上，往身上披了件毛毯後往地下室的下層走去。

即使是溫暖的春天，地下室陰冷的風依然鑽進希亞單薄的衣物間，希亞拉緊毛毯，避免自己的聲響吵醒雅歌，她躡手躡腳走進角落，然後無聲息地蹲坐下來，像個看顧兒孩的母親，仔細觀察著園藝師所給予的藥草們。

希亞遵照園藝師的囑咐，將藥草放置於照射不到陽光與月光之處，不過已經曬了將近一個星期，藥草卻一點也沒有乾燥發皺的跡象。

著急的希亞一有空檔就會來看看藥草，確認沒有遺失任何一根藥草，不過藥草卻如第一天帶回來那樣，沒有任何變化，希亞也曾找上園藝師，迫切想知道原因，但是園藝師總是要她繼續等待，不再像初次見面時告訴她許多事。

希亞在心中嘆了一口氣，望著這幾株不曉得是希望還是空想的藥草，她將自己深藏在毛毯裡，沒入地下室無盡的寂靜之中，

「妳又盯著那些草看喔？」

身後傳來裘德邊打哈欠邊說話的聲音，希亞抬頭前裘德就一屁股坐在她旁邊。

「又不是妳一直盯著看，它們就會如妳所願。」

裘德的聲音還帶點沙啞，剛才似乎洗了把臉，雙頰還帶著水氣。

「總是會在意啊。」

希亞小聲地說，裘德拉過希亞原先披著的毛毯，兩個人靜靜地共享柔軟毛毯。

夜幕低垂，地下室涼颼颼的，空蕩蕩的黑暗帶著些許人情味。

希亞期盼看到細微的變化，目光緊盯著藥草們。

一言不發看著希亞的裘德突然笑嘻嘻說道：

「妳要不要看個有趣的東西？」

裘德緩緩打開原本握住的拳頭，他的手心有幾許光點，像似掉落的星兒般，那是閃爍光芒的螢火蟲，微弱的鵝黃色點亮了周圍的黑暗。

「這、這不是……莉迪亞的嗎？」

希亞沒想到裘德會將從莉迪亞，那個固執小孩手中偷來的螢火蟲留在身邊這麼長一段時間。

靜靜看著微光的希亞，將手伸出毛毯之外，那幾點光源緩緩移動至希亞的手上，她將手往上一推，輕飄飄在空中飛舞的螢火蟲，似乎明白自己的去處，緩緩降落在藥草上。

「……裘德。」

希亞看著藥草開口。

「你覺得藥草們會幫助我嗎？」

毛毯、朋友、光亮，這三項溫暖的物品使希亞心中也變得溫熱，現在只剩下希望了。

「我也不知道，不過誰也不知道結果會如何，帶點希望也不錯吧。」

希望正因未知才更加美麗，雖然矛盾，不過希望總伴隨著不安，傍晚的空氣很冰冷，希亞將身子縮進毛毯內，螢火蟲的火光微微點亮了地下室的一角，希亞想到自己像是要越過光亮無法抵達的深淵，就覺得眼角一陣濕潤。

叩叩，門外傳來雨滴般清脆的敲門聲，這道聲響使希亞與裘德一同望向門口。

「誰會在這麼早的時候來訪？」

希亞開口問道，裘德也露出不解的神情。

「大部分的妖怪都不想直接跟個性古怪的雅歌相處，所以不太會來地下室，幸好現在雅歌還在睡……」

裘德喃喃自語，敲門聲再度響起，他起身走向門邊。

希亞趕緊將藥草推往更深處，將螢火蟲放在手臂上。正當她摺起毛毯時，有人在她肩上輕點了幾下，她有些戒慎地轉過頭。

「您好，又見面了。」

那名將她帶來此地，宛如地獄使者般的人朝她行禮，希亞像看到鬼魂似的說不出話，那個人卻若無其事地看著希亞。

「……你來這裡做什麼？」

希亞冷酷地說，將手上的螢火蟲與毛毯遞給了一旁的裘德，她盯著眼前的路易。

「我可不想再看到你。」

對方推了推單片鏡，臉上的表情絲毫沒有變化。

「真是遺憾，不過很可惜，我認為以後我們會經常見面。」

路易那雙如寶石般的異色瞳，帶著銳利無比的眼神。

「看來您過得還不錯。」

路易的聲音裡沒有一絲感情，希亞也照樣回答他。

「所以你失望了？」

路易不為所動，只是看了一下腕錶。

「我只是來帶您去一個地方罷了。」

他講得像自己是位郵差，來將信件送往收件地點似的，希亞聞言心底一沉，低下了頭，她不想再跟這個人去任何的地方。

「如果我不願意呢？」

希亞開口回絕，路易似乎已經料想到這個反應，冷靜回答她。

「看來您已經忘記了，我不是說過妖怪要抓住人類一點也不難。」

路易說完後伸出手。

「我將這隻手再往前一些，您就會像條套上鎖鏈的狗被我所控制，任由我操控您要去的方向。」

路易的臉上仍不顯任何表情，不過說出來的話語就已足夠表明了用意，他清楚明瞭該如何操縱對方的恐懼，因此他無須使用任何工具或手段就能綁架他人，使他們依照他的意志行動。
「您明白了嗎？請跟我過來。」
即便知道他的目的，卻也束手無策，面對這麼鄭重的威脅，希亞也只能隨他而去……
路易帶希亞走上階梯來到地面，燈火燦爛的餐廳到處冒出裊裊白煙，一旁庭園的花香也隨風撲上臉頰。響亮的皮鞋鞋跟踩踏在地上的聲音在前方替自己引導方向，看著路易無情的背影，希亞心中只有萬般的無奈。
他來到地下室上方的材料儲藏室，路易打開木製房門，讓希亞先走進去，自己也隨即進房，眼前是木頭所建的走廊，房門整齊地羅列在兩旁，希亞相當熟悉，這是來到餐廳的第一天，配送完麵粉之房與酒之房後所來到的儲藏室，並在這裡的飼養室遇見了西洛。
路易經過希亞身邊走在乾淨的走廊上，希亞思索這個連正眼都不看自己一眼的綁架犯這次又再打什麼主意，不安感油然而生，不過路易似乎看不出希亞的猜想，抑或是刻意忽視希亞的眼神，徑直往前走著。
不久後，路易停在一座熟悉的門前。

「這、這裡不是飼養室嗎！」

希亞大吼，那天在這裡與西洛難忘的初次見面使她印象深刻。

「我也知道這裡是飼養室……」

或許因為希亞突如其來的吼叫，路易皺起眉頭打開房門，希亞走進飼養室，對於意外的目的地，希亞更覺得路易的目的不單純，房裡的幾張長椅與長方形的窗和希亞記憶裡的房間相同。月光灑進空蕩的房間，希亞問向路易。

「你為什麼帶我來這裡？」

路易似乎有些疲憊，他閉上眼後又睜開雙眼。

「好，我也不喜歡拖延，將會盡可能地簡單說明。」

紫色與金色並存的雙眼，望向希亞。

「您記得第一天來到餐廳時與哈頓大人所簽的合約嗎？」

希亞怎麼可能忘得了，她點點頭。

「我要在一個月內找出哈頓的解藥，否則就要被奪去心臟。」

不過路易卻搖搖頭。

「您還忘了一件事。」

希亞困惑地看向路易。

「看來您忘記了，您除了找解藥之外，還需協助餐廳的工作。」

希亞瞬間覺得有人大力抽打了後背，那遺忘的記憶碎片重新浮現於腦海。

「如果妳用尋找解藥的藉口，怠慢了餐廳的工作，那麼妳的心臟就會是哈頓大人的囊中之物。」

簽訂契約時翻譯官這麼說，希亞也點頭同意了這項條款。她現在覺得一陣暈眩，眼前變為模糊，她一心只想著要找解藥，完全將餐廳的工作忘得乾乾淨淨。

看著呆愣的希亞，路易接續說道：

「很不巧的是哈頓大人現在的病情惡化，無法交付您餐廳的工作，因此由位階次高的夏茲替哈頓大人指派任務給妳。」

那熟悉的名字將希亞拉進渾沌之中，那個若無其事就開槍的模樣在腦海裡浮現，吵鬧的汽笛聲在耳邊響起，夏茲舉起槍瞄準了她。

「夏茲所指派的任務很簡單。」

路易輕柔的嗓音聽起來是那樣討人厭地清晰，玻璃製的單片鏡後，那隻比星兒更耀眼的金色瞳孔讓人難以直視。

「走下另一頭的階梯後，有飼養各種牲畜的棚圈。」

雖然先前已經聽過西洛的介紹，不過希亞現在像是搭上一列急速奔馳的火車，她沒有心思打斷路易，路易見狀繼續說道：

「在這之下的最底層，安放著餐廳的秘密之書，那是寫有餐廳的秘密食譜，可說是機密文件。」

路易說著生疏的字眼，希亞蹲在一角，一想到要謹記這些話，她就覺得自己悲哀無比。

「餐廳在每個月會將食譜取出，討論是否需要增減材料或調整菜單，而今天就是取出食譜的日子。」

路易低下頭，對希亞說道：

「您明白任務了嗎？要請您去最底下的那一層取出食譜，這當然並非易事，夏茲是期望您失敗才分配這項任務的。」

路易的語氣像是火車內不帶感情的廣播，刺痛希亞的腦神經，路易說完話隨即轉過身，希亞這時才回過神趕緊說道：

「等等，所以你的意思是……」

其實希亞不知道該說什麼，只是下意識地想爭取時間，她比誰都明白，夏茲為了除去惡魔，會極盡所能殺死她……

她不想面對，路易眼神犀利，表現出不想接受任何問題的神情。

「你……是帶我來受死的吧。」

希亞有氣無力，為什麼眼前這個這人總是將自己帶向死亡，她以為自己已經安然度過了第一關，不過路易又再度將她領向另一扇地獄之門。

「您說得太過分了，我只是執行命令的人，絕非對您有惡意。」

路易的聲音毫無罪惡感或惻隱之情，同時他的話也沒錯，希亞心知肚明，不過她很難不怨懟這個人。

路易或許看出希亞所想，開口說道：

「一個人的面貌，取決於對方在他眾多面貌中所看到的那一面，這一點著實讓人感到遺憾。」

路易轉過身，背後的燕尾服甩動於空中，邁步走向門邊。

「我不過只是履行我的義務，而妳也是做妳該做的事，其實每個人皆是如此而已……」

路易緩慢轉動門把。

「請執行您的任務，時間限時十分鐘，十分鐘後我會過來確認您是否成功。」

當他在開門前，再度望向希亞。

「希望我回來時，迎接我的不是屍體。」

「善後也是份工作……」路易在口中唸唸有詞，他不帶聲響地打開門。

「願神保佑妳……」

皮鞋的噠噠聲響愈漸愈遠。

「唉。」

希亞忍住許久後，嘆了口長長的氣，然後毫不猶豫地往房內的階梯奔去，沒有時間讓她哀聲嘆氣了，得趕緊到最後一層將機密文件取出來才行，她看著階梯下方無盡的深淵，對自己說出咒語。

「我做得到。」

她只有十分鐘，必須在時間內完成任務，她不知道將有什麼等待她，她雖然想悄悄地走下去，但是時間緊迫她必須奔跑而下。滴答滴答，希亞越過階梯，四周過於黑暗，她像是跑進地心的黑暗巢穴。

不用多久，階梯底層出現一點火光，不知道燈火來源之處會有什麼牲畜等著她，但她仍趕緊上前。這裡是層明亮、溫暖的空間，舒適的溫度讓希亞放鬆了緊繃的心情，眼前的牲畜並非希亞所幻象的兇惡動物，反而是希亞最熟悉不過的動物。

在她眼前的乾草堆上是牛隻與豬隻們。這副平和的景象讓希亞安心不少，牛與豬是無害的動物，所以希亞不需要提心吊膽。但她一想到這是夏茲所賦予的任務，就覺得不可能如此簡單，她深吸一口氣環顧四周，這一層全是牛與豬，而且數量可觀。

當她留心觀察這些動物後，馬上發現眼前的動物與她所熟知的動物有何不同，這裡的牛豬異常高大，相當壯碩，牠們的體型龐大到不像是動物而是怪物。

此時，雪上加霜的是動物們也察覺到不對勁，因為出現在牠們面前的不是固定時間來餵食的妖怪，而是個又瘦又小，不時顫抖身軀的孩子，貪吃的動物們困惑眼前的孩子究竟是食物還是飼養員。

孩子的外表看起來柔弱嬌小，而且負責餵養的妖怪也不可能面對著牠們發抖。

「是食物！」動物們看著眼前的小孩。「那是可以吃的食物，發抖得這麼厲害，不可能是養我們的人。」牲畜們的本能思考占據腦海，餓了一整天的動物們，露出失去理智的眼神，頂著巨大的身軀，一步步往希亞靠上。

希亞也察覺到局勢的轉變，聰明的她知道自己懼怕的模樣，在動物的眼中即是待宰獵物的訊號。

——我不能感到害怕。

她不能展現出恐懼，甚至要偽裝成妖怪才行。

當她領悟這點時，牲畜們已經很靠近她的面前，那些比正常的動物還要大上三倍的怪物們流著口水，步步逼近的模樣既噁心又可怕。希亞緊閉雙眼。

「不可以！」

她用力一聲喝斥，將雙眼狠狠瞪向牲畜們，果然起了作用，牲畜們被突如其來的嚇阻聲停下動作，「什麼，原來不是食物。」動物們不解地退後了幾步。

「你們想做什麼？給我安分點。」

為了不錯失機會，希亞加重語氣與音量，行為舉止也盡其可能地自然。

「不聽話就沒有飯吃。」

希亞再度高喊，並直視每一雙動物的眼睛。

「給我乖乖聽話。」

希亞一個字一個字地說，望向身型龐大的牛與豬，所幸牲畜們好像真的認為希亞是妖怪了。

牠們在原地稍微停留之後，很快就回到原先的位置，不過牠們的懷疑並沒有就此消弭，因為希亞與牠們所見過的妖怪嬌小太多，使動物們無法不注意她，動物們覬覦希亞皮肉吃起來的滋味，吞嚥口水，「如果她不是妖怪，一定要馬上撕咬她的脖子來吃。」動物們直盯希亞的一舉一動。

希亞身處在一觸即發的殺戮氣息間，神經緊繃，她能感受到所有的生畜看向她的飢餓眼神，她不去注意臉頰上的冷汗，盡可能地表現出自然從容的模樣。

——階梯到底在哪裡？

機密文件明明在最底層，但是卻不見往下而去的階梯，緊繃的氛圍使房間空氣凝結，希亞假裝打掃棚圈，到處尋找階梯的蹤跡，但是地上全都鋪滿了乾草，很難一眼就看出階梯的下落。

希亞著急地尋找著樓梯，虎視眈眈的動物們很快察覺到有異。「這個小孩不給我們飯吃，到底在幹嘛？一定有問題。」原本躺坐在地上的動物們紛紛起身，直視在乾草堆中翻找出口的希亞，希亞知道動物們就快要看穿自己的謊言，很快就會把自己當成食物吃進肚，她發了瘋似的想要趕快找到階梯。

就在此時，一隻豬忽然衝向她，被饑餓感支配的動物們再也抵擋不住欲望。

「呃啊！」

一隻好比一棟房屋般大小的動物衝過來，咬住她的腿，痛楚使希亞放聲尖叫，那隻大豬興奮地咬著希亞的腿，想將她咬回自己的地盤。

「天哪！」

其他的動物也逐步靠近，被豬隻拖行的希亞陷入恐懼，她怕得全身抽搐。

喀拉，就在被拖行時，希亞的手碰觸到某物，她猛地睜開雙眼，那是個把手！能開啟地下室的把手！這一定是通往下一層的門。

在將被豬隻拖行得更遠時，希亞伸長手抓緊門把，藉由豬隻拽著自己的力道，使勁將門打開，門後是另一片漆黑，不過在希亞的眼裡，現在沒有比這片黑暗更明亮的天堂了。

希亞亟欲掙脫大豬的嘴，無奈她的力氣贏不過牲畜，使她動彈不得，此時其他的動物已經看穿她不是妖怪，流下口水朝向她逼近，希亞拉長身子想更靠近門口，她的雙腿已經沾滿大豬的口水，其他的動物也用鼻子探聞那股肉味，接連靠近。

最快走到這裡的是一頭牛，牠將鼻子緊貼希亞的腿，吐著急促的氣息，牠想要獨占希亞，將那頭大豬推到一側，豬因為巨大的外力鬆開了嘴。

——就是現在！

希亞隨即起身朝門奔去，剎那間所有的動物皆衝向她，壯碩的牛正開口要咬住希亞的腿時，她已經往門口一躍而下。

希亞奮力抬起被豬咬過的腿，衝破黑暗，雖然疼痛感使她不停跌到，她仍像一台機器，即便跌倒了也隨即站起，咬緊牙根地奔跑，她的頭上冒出大顆汗滴，緊抿嘴唇使勁跑著，她強忍苦處，不斷向前跑去。

過了猶如好幾個小時的幾秒鐘後，她望見階梯通往一處明亮的光源，她不知道現在的自己該是害怕還是開心，只能投身於光亮之中，因為若是謹慎行事而浪費了時間，最後只會讓自己失敗。

這個房間的光景讓希亞訝異得說不出話，這裡也如上一層般明亮溫暖，不過迎接她的卻是曾在餐廳裡遇見的雞蛋們，在雞蛋時間裡湧進料理室的雞蛋們，原來就是來自於這裡……

設定好溫度的排架上，有著羅列整齊的雞蛋們，還有孕育雞蛋的母雞群，雖然相當吵雜，不過比起剛才想吃掉希亞的牲畜們，眼前的景象是多麼和平又可愛。呼了一口氣後，希亞再度找尋往下的通道，摸索地板每一角。

「喂！」

突如其來的響亮聲音使希亞抬起頭，她看見一顆雞蛋朝著自己滾過來。

「怎麼了？」

希亞感到莫名其妙，那顆滾到她面前的雞蛋朝她說道：

「我看妳不是妖怪，而是人類，雖然不知道妳為什麼要來這裡，不過妳趕緊回去吧！」

雞蛋用那極小的手臂，向希亞揮舞，示意要她回去，然後說出讓希亞更加困惑的話。

「妳繼續待在這裡會很危險！」

「為什麼會危險？」

希亞不知所措地問道，這個房間是如此的祥和，怎麼會有威脅她的事物。

正當雞蛋想開口回時已經太遲。一聲巨大聲響迴盪在房裡，雞蛋們開始集體在地板上滾動，可觀的震幅讓整座房間像是地震來臨。

慌張的希亞想問清楚現在的情況，有一顆雞蛋對空氣大吼：

「雞蛋時間！」

希亞這才明白眼前的情況，同時也感到萬般絕望，不想被騷動打亂計畫的希亞，更著急地找尋出口，不過已經來不及，房內被數以千計的雞蛋們占滿，幾乎看不見地板，他們為了要趕快抵達所需的料理室，勤快滾動著身體。

希亞被擠得動彈不得，地上全是雞蛋，完全不見能向前走的空隙。

若要等他們全數通過，一定會超過十分鐘，希亞左顧右盼，仔細搜索門扉的蹤跡，最後終於在邊角的地上發現一道門。不幸的是那扇門離她恰好是最遠的距離，要越過雞蛋走到門邊，必定會耗費大量的時間。

希亞的手不停顫抖，雙腿也逐漸失去力氣，緊張與恐懼吞噬她的心，即便她高喊著希望雞蛋們可以讓出一條路，不過雞蛋卻置之不理，就算她想要挪動腿甩開眼前的雞蛋，但大量的雞蛋湧上，使她寸步難行，以這種速度耗下去根本不可能在十分鐘內回到上面，現在就連光是走到那道門就不只十分鐘了。

在喧嘩吵鬧的雞蛋間，希亞漸漸失去希望，突然好想大哭，再這樣下去心臟就要任由哈頓宰割了。

「喔？妳看那裡！」

突然傳來的大叫使希亞拉回現實，她抬起頭望向那道聲音，原來是剛才警告她的那顆雞蛋，他在雞蛋群裡大聲呼喊，並且揮動小手指向希亞的旁邊。

希亞轉頭望去，幾點微弱的亮點映入眼簾，那熟悉的光源竟是螢火蟲，那微弱卻散發柔美光亮的螢火蟲，不知道螢火蟲為什麼會出現在這裡，希亞盯著那神秘的光亮。

螢火蟲飛越希亞，停留在她身後的牆上，像是想表達什麼，就這樣停留於牆，一動也不動，這對於螢火蟲來說的特異行為讓希亞仔細盯向那片牆，然後猛然發現這面牆與其他的牆面不同，積累著大量的灰塵。

她轉身面向那面牆，輕輕地用手撫摸過牆面，揚起的灰塵在空中飄散。

即使無數顆雞蛋如浪濤朝著房外不斷湧去，但母雞也同時不停下蛋，整間房仍舊被雞蛋所占據，他們的喧鬧聲妨礙希亞找尋門口，不過她卻不以為意。

她反而帶著微笑，因為撥開灰塵後，牆面所露出的是一座電梯。

「謝謝。」

希亞對著和煦溫暖的螢火蟲道謝，情況就此逆轉，她找到了隱藏的捷徑。

她將螢火蟲輕柔地放進口袋搭上了電梯，電梯以驚人的速度往下墜，希亞緊閉雙眼計算剛才所花費的時間，她在牲畜那層大約花了三分鐘，剛才逃出雞蛋群大概花了兩三鐘，由於電梯的速度非常快速，上下來回大概只要幾秒鐘，那麼代表她要在四分鐘內取出機密文件，然後跳上電梯，才能在十分鐘內回到剛才的房間。

希亞的手心因緊張而冒汗，她握緊濕潤的雙手祈禱著自己一定要成功，意志堅定地對自己喊話。這時電梯平安降落，門扉緩緩敞開，希亞的心臟如大鼓般劇烈跳動，她深吸一口氣，打算走出電梯。

突然一陣熱氣衝向她，那是道藍色的火焰，突如其來的火焰讓希亞發出尖叫，隨即蹲下身躲避，那道火瞬間消逝，希亞的心跳震得飛快，她警戒地望向前方，卻不見任何火光，她鎮靜了一下走出電梯，這裡與其他樓層不同，異常的漆黑，只有螢火蟲在口袋間透出的光芒，她想要找出機密文件，侷促地四處張望。

「天哪！怎麼回事！」

一道聲音使希亞嚇了一大跳。

「這不是希亞小姐嗎？」

「西洛？」

眼前出現嬌小的龍，西洛笑臉盈盈地走向希亞，意料外的發展讓希亞一下子反應不過來，西洛開心地笑著，像是迎接貴賓的主人般走向希亞，親切地伸出手。

「真的很抱歉，希亞小姐！因為那座應該已經廢棄的電梯突然動了起來，讓我誤以為是侵入者，所以冒犯了。」

噴出那道驚人火焰對西洛來說是稀鬆平常的事，他開朗地歡迎希亞。

「正好我很無聊！您為了找我還直接來到底層，真是令我太感動了。」

西洛用雙手摀住泛紅的臉頰，表現出害羞的樣子。

「我就知道您會想我！」

看著如此歡迎自己的西洛，希亞除了心有餘悸外也感到安心，不過希亞沒有時間能像西洛一樣，沉浸於他們的重逢，希亞清清喉嚨。

「西洛，上次你說你在這裡『守護』某樣物品，那該不會就是……」

「啊！沒錯！我在這裡守護餐廳的秘密食譜。」

西洛自豪地說著。

「因為這是我們餐廳的料理秘方，所以必須嚴密存放於此，這份守護的工作就賦予給我這隻擁有能威震八方之力的龍族。」

聽完西落的解釋，希亞開心得要飛起來，她怎麼會沒有想到呢，西洛明明說過自己在這裡的最底層執行守護的工作。

「西洛。」

希亞努力安撫內心的雀躍，對西洛說道：

「那食譜可以借我一下嗎，我現在需要……」

「不行。」

希亞甚至還沒說完話就被一口回絕，西洛冷酷的聲音與他一直以來的個性截然不同。

「西洛你好像誤會了什麼，我真的急著要將它……」

「不行。」

連續拒絕了兩次，看來西洛並非開玩笑，希亞不禁對西洛露出埋怨的神情。

不過西洛仍不為所動。

「很抱歉，這是我們餐廳的最高機密，若洩漏出去，將會對嚴重影響餐廳。」

西洛一臉嚴肅接續說道：

「機密文件可不是隨隨便便任人取用的東西，即使是希亞小姐也沒有例外。」

晴天霹靂的希亞表情僵硬，另一邊的西洛卻因為許久沒有機會展現自己真正的工作職責，趾高氣昂地講述自己的權威。

「就算是餐廳的員工想來取用也無法隨意給予，不然就失去我在這裡的意義了。」

他心滿意足地露出笑容，爾後用短小的手指頭指向後方。

「看見那座保險櫃了吧。」

希亞瞇起眼，隱約看見西洛所指的方向有座保險櫃，大吐一口氣的西洛興奮地拍拍胸膛。

「食譜就在裡面，除了我以外沒有人能打開保險櫃。妳可以試試看，如果真的打開了，我就讓妳帶走。」

他以戲弄的眼神看著希亞，語氣中滿是挑釁，希亞毫不猶豫走向保險櫃，外觀看來極為堅固厚實，保險櫃就在自己的眼前，但希亞知道以自己的力量無法開啟。

西洛並非吹噓，那座堅實、完整的保險櫃沒有任何的可開關之處，究竟一直以來都是怎麼取出的呢？希亞在原地左思右想，現在得趕緊找到方法，回到地面才行。這是個只有西洛能打開的保險櫃，該怎麼騙過西洛將文件取出才好。她的腦子高速旋轉，雙腳來回走動，必須要在十分鐘內回去。

於是，希亞首先思索什麼是唯有西洛才擁有的能力。剎那間，她的腦海浮現了一道火光。

——對了，他是可以噴火的龍，既然如此……我知道了！

少女瞬間明白，希亞急忙轉頭看著西洛，現在不能再浪費任何一分一秒。

「西洛。」

西洛抬起頭，希亞勾起一邊的嘴角。

「你真的是負責守護文件的龍族嗎？該不會其實是其他的龍在守護的？」

面對希亞冷不防地取笑，西洛露出慌亂的神情，差點懷疑自己是不是聽錯了，他看見希亞不懷好意的笑容，皺起了眉頭。

「希亞小姐！妳是在捉弄我嗎？」

西洛的語氣聽起來委屈、憤怒又帶著失落，不過希亞才正開始她的計畫。

「因為你這頭龍，只有我的手臂這麼長，噴出來的火好像也沒多厲害。」

這番話使得西洛雙頰漲紅，他的眼眶像隨時會迸發淚水，緊握拳頭發顫。

「希亞小姐太過分了！妳明明什麼都不懂……」

「那讓我看看你的實力。」

希亞自然而然接續西洛的話，將手環抱胸前，盡可能地露出討人厭的表情。
「向我證明你是一頭名符其實的龍族。」
希亞抬頭斜睨西洛，同時在心裡讚賞自己的演技，雖然這樣很愧歉於西洛，不過已經別無他法。
「妳以為我做不到嗎！看好了！我要證明給妳看我是多麼勇猛的龍族。」
西洛對希亞大呼小叫，這頭龍還真是單純的生物，希亞在心裡笑得打滾，不過外表仍保持一副高高在上。
「好啊，那你噴火給我看，往那裡噴一把最旺盛熾熱的火焰，讓我看看你有多厲害。」
西洛見狀，忍住氣醞釀著體內的那股力量，為了不讓自己被輕視，他伸出手噴出一道巨焰，猛烈的藍色火光猶如火箭般快速，像一匹猛獸飛向保險櫃，看見西洛從手掌心發射的強大火柱，希亞也不自覺張大了嘴，不過現在不是欣賞火焰秀的時候，希亞趕緊回過神。
「可以了。」
希亞開口說道，西洛露出一副驕傲的模樣，抬頭挺胸走向希亞，用滿懷期待的眼神等待希亞的讚美。但是希亞的目光卻不在他身上，希亞徑直走上前，漆黑中只剩她的腳步聲。

「原來在這裡。」

希亞帶著滿意的笑容，撿起地上的羊皮卷軸，西洛見狀，瞪大了眼睛。

「這、這怎麼會……？」

希亞滿臉笑意。

「這座保險櫃沒有任何可以開啟的門，太奇怪了，因此我猜想是不是每次都是由你噴火才能開啟，外層以木頭建造的保險櫃，即使被火焚燒完，裡面的文書因為是防火材質，所以不會受損。」

這次換西洛目瞪口呆地看著希亞，房間裡太過陰暗，西洛沒發現希亞所指的方向就是保險櫃的所在位置，他呆愣在原地許久，希亞露出親切的笑容，搖晃卷軸。

「謝啦，我之後一定會還你。」

希亞得意地搭上電梯。

她不顧西洛，碰的一聲關上電梯門，電梯以超高速向上飛去。不知道過了幾秒，她握緊雙手在胸前祈禱，心臟劇烈的跳動聲使胸口不斷起伏。待電梯停止後，希亞急忙跳下電梯向外衝去，希望十分鐘尚未過去……

所幸房內沒有任何人，希亞調整紊亂的呼吸，盯著飼養室的門口，整間房子只剩胸口怦咚怦咚的心跳聲。

像是回應這份寂靜，房門無聲地打開，路易以優雅的身段走進房內，當他一看到希亞拿著卷軸的模樣，整個人僵直不動，希亞看到路易的眼神出現細小的變化，他不敢置信地緊盯希亞，兩個人之間只有萬般寂靜。

見路易驚愕的樣子，希亞的臉上泛起笑容，她知道自己成功了！

驚奇自己真的成功的希亞，開開心心走出房間，然後迅速衝向地下室。

她大力拉開門，陰暗潮濕的地下室裡，雅歌與裘德原本以一副要死不活的樣子發著呆，一聽到門外的動靜，立即轉頭望去，當裘德看到大口喘著氣的希亞，瞳孔變得跟盤子一樣大，隨即用他那雙長腿往希亞身邊奔去，一下子就跑到希亞面前抓起她的肩膀。

「怎麼樣了？」

他心急地問。

「啊？」

雖然希亞一時搞不清楚狀況，但裘德看到希亞臉上已不見任何緊張感，他就知道結果了。

「妳成功了！」

裘德開心地笑著，然後大力拍著希亞的肩膀。

「我就知道妳會成功！不愧是我的妹妹！」

「誰是你妹妹了！」

雖然兩個人又吵吵鬧鬧起來，不過都帶著欣喜的神情，剛才那些驚險的時刻化為烏有，兩個人在地下室跳呀跳，突然後方一道高喊：

「吵死了！」

原來是像猛獸般暴跳如雷的雅歌。

「這兩隻愚蠢的笨鴿！在笨鴿眼中我看起來很閒嗎！要繼續吵就給我出去，不然就回房閉上你們的嘴！」

暴躁的雅歌像沉浸在音樂中的指揮家，雙手在空中大力搖晃，好像真的在驅趕鴿子似的，希亞和裘德只好閉上嘴巴，安靜地走回房。

「妳是怎麼完成任務的，趕快告訴我啊。」

裘德一進房，用閃閃發光的雙眼督促希亞，他整個人興奮不已，希亞也相同地興奮，就在希亞想開口分享剛才所發生的事情時，她突然察覺不對勁。

「快點說啊！」

眼見希亞欲言又止，著急的裘德不斷搖動她，希亞臉上露出狐疑的表情，她望向裘德褐色的雙眼。

「你……怎麼知道的？」

突如其來的質問，讓裘德當場愣住。

「剛才我跟路易出去時，你應該還不知道狀況吧，那為什麼現在卻知道了？」

希亞的視線使裘德的臉頰變得滾燙，他閃避希亞的視線，假裝看往他處，不過這樣的行為卻使裘德看起來更奇怪。

「你告訴我。」

現在換希亞督促裘德。

「要我說什麼……」

裘德含糊其辭，想假裝不知情，不過他沒有演戲的天分。

「你明明知道我的意思。」

希亞持續她的審問，裘德最後忍不住，還是投降了。

「……好啦，我說就是了。」

裘德嘆了口氣，看著地板，開口解釋希亞出去之後自己是怎麼知道的。

「你出去後剩我自己在這裡，剛好雅歌也醒了，她看我表情很奇怪，問我發生了什麼事後，我就告訴她了。」

裘德不時觀望著希亞的表情變化，繼續說道：

「雅歌一聽就擺出一副自己什麼都知情的模樣，所以我才問她為什麼妳要被路易帶走。」

裘德講到這裡，羞愧地不知所措，希亞看著躲避視線的他，腦海裡的拼圖已經拼湊成功，希亞淺淺笑著。

「是你將螢火蟲送過來的吧？」

希亞一語道破了裘德如此羞澀的反應，她看著難為情的裘德，笑了出來。原來是裘德知道希亞身陷危機，因此將螢火蟲送到希亞身邊，讓她順利找到電梯。

「謝謝你，要不是你，我可能就會失敗了。」

這是希亞的真心話，裘德本來還面紅耳赤想要辯解，但聽到希亞真摯的謝意後，裘德也靜下來欣然接受，兩人就這樣靜靜地好一陣子，希亞看著眼前害羞的裘德，決定不再讓場面變得尷尬，走出了房間。

希亞結束了歡樂帶點羞澀的騷動後，帶著微笑走進地下室。雅歌翻弄舊書，口中振振有詞地喊出莫名其妙的咒語，雅歌施咒的模樣依然古怪奇異，不過希亞已熟悉這樣的她。

希亞靠近雅歌的身邊，正默唸咒語的雅歌停下動作，看向希亞。

「又怎樣？說重點！」

她的聲音震耳欲聾又粗啞，希亞仍掛著微笑。

「謝謝妳。」

聽到這意料之外的詞彙，雅歌愣了幾秒鐘，然後張開那厚實的嘴唇，裡頭的四方形牙齒幾乎跟希亞的臉一樣大，露出如蛇蠍般邪佞的笑容。

「謝什麼？我可不記得有做出值得讓妳感謝我的事。」

希亞卻明瞭得一清二楚。

「妳不是告訴裘德事情的來龍去脈，讓他能幫助我嗎？妳要裝傻也沒用，事實上，妳打從一開始就很關心這件事，偶爾還會幫助我。」

是雅歌告訴了希亞，其他妖怪絕口不提的夏茲；當希亞不知該如何開始時，是雅歌提醒她要讓夏茲幫助自己，雖然告訴哈頓，人類心臟是解藥的也是雅歌。這些關鍵事物——女王、夏茲、惡魔、哈頓、詛咒、希亞都與雅歌脫離不了關係。

或許雅歌掌握著能操控這個怪奇世界的鑰匙，她是一切的罪魁禍首，同時也旁觀所有事情發生的過程，更隨她心意改變發展的方向，並皆能成功抽身，希亞無法理解雅歌究竟打什麼算盤。

不過她確信一點，就是雅歌是幫助自己的人，她也知道這份幫助並非出自於全然的善意。她清楚記得，當問起為什麼要告訴她夏茲的事時，雅歌說是為了找尋屬於自己的物品。

身穿縫滿粉色蝴蝶結與蕾絲的洋裝，那張醜陋的大臉更占據了全身的一半，這名全身不協調的女巫不可能如此單純，像是為了證明自己才沒有這麼好被看穿，她慌亂地講著話，導致詞句都黏在一起。

「我在幫妳？真是可笑至極！妳真是想得美，我只是無聊所以隨口說給裘德聽而已。」

真是不像話的謊言。

14

女王的城堡

「啊啊啊啊啊啊！」

驚恐的尖叫聲在平靜的走廊迴盪。

「不要殺我！放過我吧！」

流著如雞屎般大小眼淚的西洛苦苦哀求。

「站住！」

不過對方無視他的求饒，鐵了心要抓住他。

西洛跑過寬廣的走廊，眼淚因速度飛快地劃過臉頰，他太委屈了，一直以來堅守著崗位保護卷軸，卻因為僅僅一次的粗心就讓人類搶走，使得自己要被抓去煮來吃。他忍著悲痛的心情，飛奔而去。料理師雙眼飢餓如狼，緊跟在後。

「我知道錯了！我不會再讓卷軸被搶走的！」

即使他在走廊上飛奔，仍伸出細小的小拇指想為自己的話立下約定，但只是徒勞無功，料理師不達成目標是不會放棄的。

「你求我也沒用，這可是上頭的命令……」

料理師說自己也是無可奈何，但是他臉上的表情卻不是這麼回事，他很明顯極度渴望著能抓西洛來製作料理。

負責守護卷軸的西洛，長期在餐廳裡擁有特別待遇，因此他身上的乳白色鱗片亮麗完整，銀色的鬃毛也保養得閃閃發光。

「不准跑！」

料理師高喊，要他束手就擒，西洛哭哭啼啼的到處亂竄。

「真是的，就算你逃也沒用！是夏茲下令要抓你來煮的，就算你再逃……」

「夏茲？」

含著淚的西洛，一聽到料理師口中的名字，馬上愣在原地。

「抓到了！」

成功抓到西洛的料理師，狂妄地笑著，笑得臉上浮現明顯的法令紋。不過西洛卻一動也不動，他一臉嚴肅，朝料理師開口。

「現在馬上帶我去找夏茲。」

反正自己怎麼樣也逃不過追捕，直接找上那個不像話的始作俑者還更有效率。

「我憑什麼要聽你的話，你的去處只有我的砧板！」

料理師眼見西洛已是囊中之物，根本不在乎他說了什麼，一心只想要趕緊將這頭迷人的龍下鍋煮了。不過西洛並非料理師所想得那麼簡單。

西洛舉起一根手指頭，點起一把藍色的火焰，眨動了那雙金黃色的瞳孔。

「我勸你，當一隻龍還好聲好氣的拜託時，聽話照做對你比較好。」

西洛將指尖的火靠往料理師，露出自信滿滿的微笑，他明白若是攻擊這名料理師，還會有其他的料理師追趕上來，這些人不達到目的不會退縮，自己總有一天會被抓住，現在不該是這樣你追我跑的時候。

「我再說一次，帶我去找夏茲。」

跟這些地位低賤的人周旋只是浪費力氣，直接找發號施令的人才是最快的方法。

西洛手上的火焰比剛才燒得更旺，溫度也隨之升高，料理師皺起臉部，現在的他沒有選擇的餘地。

「……該死，不過在那之後，你就要乖乖跟我回料理室。」

眼見料理師答應後，西洛滿意地笑，將手上的火熄滅。

「這就不一定了，我見完夏茲後，他說不定會收回命令。」

講完這句意義不明的話後，他傲慢的抬起頭，握緊拳頭揮向空中。

「那麼出發前往夏茲所在之處……！」

無可奈何的料理師，眉間皺得更深了，他無奈地移動腳步。西洛像是坐上轎子般的興奮，在他得意洋洋的笑容間，露出尖如利刃的利齒。

「真期待會發生什麼事，一定會很有趣。」

西洛竊笑，龍族對上惡魔，百年難得一見的對決，原本笑嘻嘻金黃色眼瞳，剎那轉為凶狠的神情。

「這下有好戲看了。」

另一邊，夜晚冰涼的冷風順著陽台的欄杆吹進房內，冷颼的溫度使夏茲將衣服上的帽子戴起，如花刺般細長的眼睫毛輕覆黑色眼眸，他無神地望向地板。

「當你執行這項工作時，可以不用去找女王。」

他想起哈頓的這番話，指派人類一定會失敗的工作後，不是讓他奪取人類的心臟，而是不用再去女王的宮殿獻貢……

當他聽到這話時，還以為自己不用再去宮殿，結果……人類卻成功了。自己讓那個女孩走進飢餓的牲畜之中，刻意讓她遇上雞蛋時間，明明設下了層層關卡，女孩竟然一一通過，甚至從守護的龍族手中成功拿出卷軸。

當夏茲聽到希亞成功的消息時，還以為是路易負荷不了工作量，出現幻覺在跟自己開玩笑。

「不過，人類要是成功完成你交付的工作，屆時你就要向女王獻上大量的貢品。」

他做夢也沒想到，那句自己當作耳邊風的話竟然會成真。夏茲閉上雙眼又睜開，漆黑的虛空中，女王的嘴臉如油畫般浮現在前，夏茲感到極度厭惡，無論如何皆揮之不去。他準備起飛，那醜陋又巨大的黑色羽翼應聲伸展開來，就在此時，身後的門被大力開啟，一道惱人的聲音叫住他。

「夏茲！不要像個卑鄙小人躲躲藏藏，跟我一決勝負吧！來場屬於你跟我的決鬥！」

夏茲轉過頭，一隻嬌小的龍對他露出憤慨的神情，後面的料理師臉上冒出斗大汗珠，一臉尷尬。

大約明白狀況的夏茲看著料理師。

「我叫你把他煮了，為什麼帶他來這裡？」

不過嬌小的龍卻代替料理師，大聲吼叫：

「不要轉移話題！你別拖累無辜善良的人，這是你跟我的事！」

夏茲的眼神轉移至西落身上，那雙無神的瞳孔讓西洛毛骨悚然，西洛認為這是夏茲即將發動攻擊的前奏，做好了心理準備，兩個人就這樣盯著彼此。

夏茲移動了步伐，不過他卻只是轉身面對欄杆，西洛不明所以地看著夏茲的背影。

——他該不會是在輕視我？

夏茲就像隨即要躍入黑暗，張開了翅膀，逐步走向欄杆，夏茲漠不關心的模樣讓西洛顏面掃地，雖然西洛大可轉身當作什麼事都沒發生，但他沒有放棄。他伸出手，燃起一道巨大的藍色火柱，直逼夏茲的左手而去。

左手的痛楚使夏茲猛然轉過頭，那雙眼神冰冷又憤怒，西洛抬起下巴，擺出挑釁的神情。

「不爽就放馬過來……」

在西洛語畢之前，夏茲以極快的速度飛奔而來，他用拳頭大力擊中西洛的腹部，受到突擊的西洛倒在地上，強大的攻擊力道讓他難以起身，夏茲見狀轉身往欄杆而去。

西洛可不會這麼快就退縮，他再次射出火炬，已有一次經驗的夏茲瞬間閃避後，又再度衝向西洛，西洛感受到夏茲不如以往的殺意，躲開了攻擊，逃向欄杆一側，再次轉身對夏茲噴發火焰後，躍進黑暗之中。

被激怒的夏茲為了追趕那頭狡猾的龍，也一同躍入漆黑，張開了那對羽翼，穿梭在雲層間，巨大的翅膀攪動空氣，發出咻咻聲響。

夏茲揮動翅膀，不停搜尋西洛的蹤跡，不過四周只有濃厚的雲層包圍著他，以及翅膀逆風飛翔的簌簌聲，眼看找不到西洛，夏茲打算收手前往女王的宮殿。

就在夏茲放棄時，一道猛烈的火炬從他前方襲來，他趕緊別過身躲過火眼，即使如此，他還是感受到皮膚灼熱的熱氣，這道銀白色的硫火比起剛才在房裡所見的藍色火光來得致命又猛烈。

夏茲察覺到情況有異，他留心周遭的動靜，猶如海底深淵般的夜空，因雲層厚重，視線受阻，在如濃霧般的雲層間，他看到一副龐大的身軀。

夏茲注視那陣動靜，雲層後的身軀逐漸露出真實模樣，那是頭比山還巨大的龍，一雙銳利的金黃色眼睛，直盯夏茲，那頭巨龍擺出威嚴高傲的姿態。

「……驚喜！」

西洛開口說道。

夏茲仔細打量著那頭曾經嬌小的龍，現在眼前的龍彷彿隨手就能擊潰一座山，他如天空中的人魚，飄浮在空中，揮動尾巴，身軀比雲朵還要清澈，散發出不同以往的威嚴，西洛滑向夏茲的方向，他那銀白色的身體如黑夜裡的晨光，帶有嚴厲氣息的金黃色眼珠更是露出生人勿近的危險氣息。

夏茲這才明白西洛將他引出餐廳之外的用意，他這副龐大的身軀，無法在餐廳裡面恣意行動。

原本緊抿嘴唇的夏茲，這才緩緩開口：

「你以為變大了，就可以打敗我嗎？」

雖然夏茲的語氣很平淡，但西洛聽得出來話中的嘲諷。

像是在回應夏茲的戲弄，西洛噴出巨大的火炬，如鬼焰般的白色火光，猛烈地像是能一次就將夏茲燒成灰，夏茲為了躲開攻擊，用光速閃避後迅速衝向西洛。他飛到西洛龐大身軀的上方，然後伸出利爪深深刺向西洛。

利爪抓破血管的觸感使夏茲露齒獰笑，那副殘暴的面孔不是夏茲，而是惡魔，夏茲和西洛兩個人像飢餓的猛獸，相互撕咬著對方，他們在雲層後方猶如一陣快速旋轉的塵暴。

夏茲如刀刃般尖銳的利爪緊抓西洛，使之流出赤紅鮮血，痛苦的西洛扭轉身子，張開龍嘴向夏茲的肩膀咬去，肩膀被狠狠咬住的夏茲喊出一聲哀號後向後飛去。

很快的，西洛的銀白色火光壟罩整座天空，夏茲迅速躲開，但還是很快就發現自己中招，他轉過頭，發現一邊翅膀的末端已經被燒得焦黑。

「哈，那雙傳說中的烏鴉翅膀也不怎麼樣嘛，被我的火一燒，只剩灰燼罷了。」

西洛心滿意足地看著自己的戰果，但夏茲的表情卻愈來愈凝重，看到毫無反應的夏茲，西洛反倒有些慌張。

「怎、怎樣！你終於要投降……」

看著不為所動的夏茲，西洛提高音量說道，當他看到夏茲緩緩抬起頭時，卻啞口無言。

夏茲眼裡劇烈地颳起暴風雪，混濁的雙眼流瀉出熊熊殺氣，看到夏茲突變的眼神，西洛更加手足無措，他原以為自己贏過夏茲後，夏茲會求他手下留情，答應不把他當成料理的材料。

就在西洛還在努力摸清楚夏茲的表情時，夏茲突然開口說道：

「我決定不讓你成為乾煎龍蝦。」

——喔，好像是好兆頭。

西洛感到萬般混亂，明明那雙猶如深淵的眼珠，看起來像是隨時都想徒手掐死自己般的憤怒。

「我要把你活生生下油鍋炸熟。」

那輕柔的耳語，緊巴西洛的耳膜，西洛呆看著夏茲，不敢相信自己聽到的話。驟然之間，夏茲以視力不及的速度衝上前，彷彿地球的重力在他身上失效，他強而有力的拳頭如彗星般飛去。

「我今天奉命要去女王的宮殿，因為你，我要用走的過去了。」

那道驚人的力量擊中西洛，整座天空為之一震，西洛失去重心，往前傾倒。

西洛這才明瞭夏茲生氣的原因，他深知這是自己所造成的局面，他嚥了一口唾液。既然如此，那麼只剩一個方法了。

寬闊的天空裡，一頭乳白色的細長身軀在雲間穿梭，然後在西洛的上方，有個人以尷尬僵硬的坐姿坐在上頭，並非別人正是夏茲。

「……煩死了。」

雖然嘴裡嘟囔著不滿，不過夏茲為了不掉下去，可是牢牢抓住西洛的鬃毛，西洛知道夏茲以極為僵硬的姿勢坐在身上，他也賭氣地說道：

「換作是我，也不喜歡被人家揹去宮殿。」

然後夏茲吐氣笑了。

「你以為帶我到女王的宮殿，我就會饒你一命？等一回到餐廳，你就等著下油鍋。」

西洛也不是好惹的對象。

「那你下來啊，自己走去宮殿，再自己回餐廳。」

「……好吧，不炸你了。」

兩個人就這樣在飛往女王宮殿的路上，你一言我一語地鬥嘴。

幾個小時過去後，天已曦白，一整晚吵吵鬧鬧的兩人也滿是疲憊，當看到陽光所照耀的女王宮殿映入眼簾時，不約而同鬆了口氣。

「從這裡下來用走的。」夏茲繼續說道：

「女王的士兵們很敏感，如果看到這麼大隻的蜥蜴朝宮殿飛去，會嚇得發動攻擊。」

雖然西洛對於夏茲所使用的詞彙很不滿意，不過他已沒有反駁的餘力，只好聽話降落於地。他們所及之處是一片綠油油的草原，春風悠悠梳理每一絲綠草。

轉變為原本大小的西洛與夏茲，享受了短暫的陸地觸感，然後無視彼此地走向宮殿。

一會兒後他們走至宮殿前方，西洛目瞪口呆地看著宮殿的外觀，在天空飛行時因為陽光的反射看不清楚樣貌，走近才發現，宮殿與自己所住的餐廳是截然不同的樣貌，宮殿的外觀相當特別，或說非常地單純，它比大樹還高，比太陽低矮，是一顆浮在半空中的鑽石形狀，其光芒比任何寶石皆來得耀眼，像是銀河裡的一顆繁星，奇特的宮殿使西洛滿懷期待，他趕緊跟上夏茲的腳步，整座宮殿像是面折射陽光的巨大鏡子，閃閃發光的其中一面，朝兩人的方向緩緩打開。

看見瞬間形成的走道，西洛看傻了眼，另一邊的夏茲則是若無其事地將手放進口袋，徑直走入內部，西洛見狀趕緊跟上，他可不想錯過這難得的經驗。

宮殿裡的天花板比地板還寬，像是倒過來的梯形，整個空間猶如兩個圓錐體連接而成，如實反映了外觀所看到的鑽石形狀，看來走過中間的接點後，將會是另一個下寬上窄的梯形，沿伸至最頂端的房間。宮殿裡的牆面、地板、天花板全是使用水晶製成，看起來奢華精緻，也如冰塊所堆疊起的隧道，既寬廣又冷清。

「這不是女王的宮殿嗎？怎麼一個人都沒有。」

包圍兩人的寂靜可怕得讓人不安，怪異的景象讓西洛不由得低聲問向夏茲。

「怎麼會沒有，當然都躲起來了。」

夏茲若無其事地回答。

「現在他們躲在梁柱及牆後監視著我們。」

夏茲用頭部示意四方。

「如果我們輕舉妄動，士兵馬上就會衝過來逮捕我們。」

西洛聞言，馬上四處張望，卻看不到任何一點動靜，整座宮殿空蕩地讓人背脊發涼。

「女王應該已經收到我們前來的通知，不能讓她等太久，不然她會生氣。」

夏茲催促著呆站的西洛，他熟捻地穿越宮殿，西洛膽戰心驚地跟在身後，兩個人來到一扇用寶石碎片點綴的華麗門前。

西洛明白這扇門後就是目的地，他深吸一口氣，他等一下即將面對妖怪島地位最高的統治者——女王，他在發亮的牆面前整理自己的儀容。而夏茲卻毫不猶豫直接推開了門，門一打開，房內冷颼的空氣迎面而來。

西洛跟在夏茲身後走進房，地面的奇特觸感吸引了他的注意，雖然堅硬卻又柔軟無比，他往下一看，竟然是副奇妙的光景，房間的地面宛如一片白色海洋，他腳踩著一整片純白絲綢。為何不是地毯，而是鋪上絲綢？西洛在心裡嘲諷女王奢侈的個性，然後視線隨絲綢看去，那純白的海面層層往上，如山脈般起伏，這幾乎占滿房間面積的白色絲綢向上延伸至一座黃金寶座，原來這片白色的絲綢是一件婚紗禮服。

王座上身穿婚紗的女王冰冷地看著他們，她形似世界上最美的屍體，只不過是具睜開眼睛的屍體，龐大的禮服掩蓋不了女王瘦骨嶙峋的身軀，青澀的臉龐雖然美麗，不過因太過消瘦，看似一顆骷髏頭，她沒有眉毛，眼下是深黑色的黑眼圈，鐵青的嘴唇像是一輩子從未打開過，緊緊抿著。落至胸前的捲髮上只有金色的皇冠閃爍光芒。

女王看起來像是名將死之人，毫無生氣的她卻身穿一襲華服，讓西洛難以移開視線，他繼續端詳女王的婚紗，發現在肩膀處有著一雙透明輕薄的翅膀。

西洛瞇起眼睛，那對翅膀的形狀好似……一頭蜜蜂，女王竟然是隻蟲子嗎……

敏銳的西洛觀察著禮服的下襬，果不其然瞥見一根巨大的銀色毒針，翅膀加上毒針，女王果然是女王蜂沒錯。發現這個有趣事實的西洛繼續觀察房間的另一端，整座房間散發刺眼的光芒，他赫然發現兩側牆面站滿了女王的士兵，全都是一隻隻的蜜蜂，他們身穿金黃色的鎧甲，全副武裝，後頭有著粗實的毒針，肩後有細小的翅膀。

西洛在心中竊喜自己的新發現，他被關在餐廳裡太久，一出來就發現這麼多新奇的事物，原來女王不只是擁有女王的地位，而是一隻貨真價實的女王蜂，他暗自偷笑，緊跟在夏茲身後。

抵達王座前方的夏茲，緩緩單膝跪下低頭致敬，充滿緊張的沉默之中，夏茲率先開口說道：

「吾乃奉妖怪島上最具規模的餐廳主人——哈頓大人之命，向女王陛下獻上奇珍異寶，祈求女王陛下原諒。」

夏茲用難得一見的謙遜語氣向女王表明來意，並將衣服內奢華的逸品掏出。有著高貴稀有的絲綢，還有散發濃郁香甜的葡萄酒，以及許多閃爍多彩色澤的寶石等等。

待他將貢品們擺放在面前後，空氣又再度陷入一陣沉默，夏茲和西洛低著頭，看不見周遭的情況。

寂靜的房裡沒有任何一絲聲響，西洛甚至開始懷疑是否有人聽見夏茲所說的話。就在此時，禮服滑行於大理石地板的聲音傳來，雖然低著頭看不見女王的表情，不過夏茲聽得出來高跟鞋清脆的聲響是朝自己而來，那鞋跟似乎要將這片如冰山的地面踩出裂痕。

不久後，規律的聲響在夏茲面前戛然而止，可惜的是地板沒有任何裂痕，完好無缺。

夏茲盯著眼前的裙襬，潔白的裙襬上方傳來高傲的聲音。

「哈頓，違反王令。」

即便那道如刀子般鋒利的聲音吟誦主人的罪名，夏茲仍不為所動。

「夏茲，違反紀律，破壞社會秩序，毀損王之名譽。」

女王面無表情，唱名著跪在她面前的人之罪名。

「哈！然後這些罪人竟然在乞求原諒。」

女王的裙襬間露出鑲滿紅寶石的尖頭皮鞋，她用尖銳的鞋頭將夏茲所帶來的貢品往兩側踢去，貴重的物品猶如微不足道的破爛物東倒西歪，女王徑直走向夏茲。瘦削的手指垂下，抬起夏茲的下巴，女王貼近夏茲毫無變化的臉龐，兩人的氣息近得能相互碰觸，女王似乎不在意頭上皇冠已向前傾斜，她更加低下頭靠近夏茲。

「我該原諒你們嗎？」

女王溫柔的聲音，看似不再懷有敵意。夏茲暗自笑了起來。

「悉聽尊便。」

夏茲伸出手，將女王歪斜的皇冠擺正。

「因為尋求原諒的人不是我。」

聽了夏茲置身事外的回答，女王面露微笑，她鬆開掐住下巴的手，轉過身走向王座，然後擺出高傲的表情面向眾人。

西洛害怕地觀察著女王和士兵們，他感覺得出來，在夏茲麻木不仁的回答後，女王的心情出現微妙的波動。此時，癱坐在王座上的女王對兩旁的士兵使了眼色，當西洛還沒回過神時，士兵已將兩人銬上手銬。

「這、這是怎麼回事？」

面對西洛慌亂的發問，士兵仍擺出機器人般的表情。

西洛趕緊將目光轉向唯一的希望夏茲，不過夏茲泰然自若，彷彿被一群殺氣騰騰的蜂群逮捕已經習以為常，甚至當士兵銬上手銬時，他還跟他們開玩笑。

「唉唷，小力一點，不然會留疤。」

沒想到身為最強惡魔的夏茲竟然有聽話投降的一天，西洛看得目瞪口呆，每件事所發生的速度都讓他措手不及。

「看來你這次也很有自信。」

女王輕蔑地看著被銬上的夏茲。

「每次你來送哈頓的貢品皆是如此，我將你關入牢裡，然後你總能逃脫成功。」

她喃喃自語，黑眼圈所包圍的雙眸漸漸失焦，不過仍能從她的眼神中感受到她對夏茲的特殊情感。

「不過我不討厭，反而期待你這次會以什麼方式逃離我。」

她的眼神滿懷了期待，女王其實無比享受這種你追我跑的情節，這一切對她猶如兒戲，她將目標關在屬於她的空間內，設下重重關卡使他無法掙脫……

「能帶給我這份快樂的妖怪，只有你了。」

雖然這齣鬧劇的結果反覆上演，不過隨著失敗的次數增加，反倒挑起女王的好勝心。

「所以你是最特別的。」

而那份好勝心已經扭曲為占有欲。

「我的新郎，婚禮上見。」

愛情與執著，在模糊的界線間重蹈覆轍的悲劇。

夏茲即使銬上了手銬被士兵們拉出房間，卻也不見一絲緊張的神情，反而看起來比起平常更開心。

西洛無法理解夏茲的反應，倚著他的背，大聲問道：

「你到底在想什麼！為什麼可以這麼若無其事！頭顱小腦容量也跟綠豆一樣小嗎？」

「論腦容量是你比我小吧？」

夏茲為了方便士兵們將他拖走，雙手任由士兵們抓起，原本就看不下去的西洛，聽見夏茲言語調侃後，他整個人怒火中燒。

「現在是開玩笑的時候嗎？我是因為還沒變身，所以才是這個大小好嗎！」

「哇，意思是腦容量跟智商沒有直接關係嗎？真是訝異，不過就算你變身後還是很蠢。」

夏茲一副事不關己地看著手銬，傷人的話語讓西洛氣得牙癢癢，不過在妖怪島上擁有最強大勢力的女王面前，誰也不得輕舉妄動。

西洛向女王道別示意，隨後被士兵緊緊包圍，拖出房間，雖然是被女王的士兵所帶走，但西洛對於自己堂堂一名龍族，竟然被蜂群壓制的事實感到忿恨難平，只不過若是在押送的過程裡大呼小叫，也是詆毀龍族名譽的行為，他只好安慰自己或許夏茲有其他妙方，乖乖被士兵們押出房間。

士兵們最後將他們關在走廊上的最後一間房，西洛用期待的眼神看著夏茲，不過夏茲卻嚷嚷腳疼，癱躺在房內的豪華沙發上，閉上眼睛。

「你到底打算怎麼做？現在這裡沒有士兵，不是應該趁現在逃跑……」

西洛按捺不住開始抱怨，以手臂為枕的夏茲睜開雙眼，看向西洛。

「真的是頭腦簡單……你現在出去只有死路一條，外面的士兵可多著呢。」

西洛這次不再乖乖聽話。

「我們可是龍族與惡魔耶！他們只是區區幾隻蜜蜂，我們若是合力一定所向無敵，小小的蜜蜂算得了什麼。」

夏茲溫柔地回答道：

「如果照你說的他們只是幾隻蜜蜂，那他們有可能建立起女王堅不可摧的王國嗎？」

夏茲悠閒地摸著指甲，嗤鼻一聲。

「你也看過了，女王正是女王蜂，意思就是這裡所有的蜜蜂都是她的子嗣。」

「什麼？這裡的士兵都是她的孩子？」

西洛訝異地睜大眼睛，夏茲還是一派輕鬆。

「沒錯，這些士兵都是女王所生，他們的忠誠度可想而知，這些士兵們一出生就被洗腦這輩子要無條件效忠女王，即使為國捐軀也在所不惜。」

「她怎麼能這樣利用她的孩子？」

「對於女王而言，那不是她的孩子，只是能替她奉獻生命的消耗品，她利用蜜蜂裡只有女王蜂能孕育後代的優勢，為自己產下了千軍萬馬。」

她打從一開始就將情感與憐憫埋藏在心底深處，使她成功坐上了女王的寶座並握有強大的兵權，統治妖怪島。

「女王一天要生幾十隻甚至幾百隻的蜜蜂，因此她的軍隊可說是源源不絕。

這就是女王鞏固王權的方法。

「不過女王無法自己生小孩，一定要有男性與她產子。」

原來如此，西洛點點頭，尊貴的女王拒絕了愛情，卻又不得完全撇開。

「因此女王隨時都穿著婚紗，一天之內會結好幾次婚，結婚儀式完成後，她就會吸取對方的靈魂，這是她每天的例行工作，被吸乾靈魂的對方會成為一具冰冷的屍體。」

直到現在有多少男人，參與了世界上最美麗盛大的婚禮後，在新娘的腳邊孤獨死去；以後還有多少男人會以這種悽慘的方式結束生命。

「如果與女王舉行結婚儀式，你馬上就會被她吸取靈魂爾後死亡。」

西洛想起女王剛才跟夏茲說婚禮上見的場景，他不安地看著夏茲，若是女王希望與夏茲結婚，那就代表夏茲每次來獻貢品時都會被求婚，不過夏茲現在仍好好活著，沒有與任何人成為婚姻關係。

——夏茲是怎麼躲過這個每次必遭逢的劫難呢？

或許讀出了西洛心中的疑惑，夏茲若無其事地回答他。

「所以我們要脫逃，我每次都能成功逃出。」

夏茲明明不久前才說這裡的士兵有多厲害，現在卻主動說出要脫逃，西洛感到非常不解。

「外頭的士兵那麼多，我們被關在這種偏僻的房間裡，到底該怎麼逃出去？而且你還說這裡的士兵都是……」

「有什麼好怕的？」

西洛想要說出脫逃兩字背後的前後矛盾，不過卻被夏茲自信滿滿的笑容打斷。

「每次都脫逃成功的專業人士不就在你眼前嗎？」

西洛還是不明白夏茲的意思。

「那你說說看，你這次要怎麼逃出去？」

西洛眼神銳利，直接了當地問道，夏茲的臉上掛起笑容，那是張刺眼的邪惡笑顏，西洛明瞭了，現在在眼前的人正是妖怪島上最強，也是最邪惡的惡魔……

夏茲自沙發上站起，走向華麗裝潢房間內一處綠色的全身鏡，他想像這次婚禮要穿的衣著，雖然哪件都沒關係，不過可不能像上次那樣太緊繃的衣服，要能夠「活動自如」的衣服。

夏茲笑得燦爛，惡魔正計畫一齣完美的騙局。

鏡子上方紅茶色時鐘的分針底下，站著一隻惡魔，他結束無聊的幻想，在士兵的命令下，釦上袖扣步向禮堂。

他的兩側被嚴肅的士兵緊緊包圍，皮鞋聲整齊劃一響起，走進禮堂前，他的腳步在廚房面前停下，對於夏茲的突發舉止，士兵們高度警戒了起來，全都盯著他看，夏茲泰然舉起雙手，冷靜說道：

「我可以喝一杯水嗎？」

士兵們面對突如其來的要求，覺得必定有詐，全都兇惡地盯向他，夏茲嘆了一口氣。

「我只是想喝杯水，如果怕我逃跑，可以銬上手銬。」

然後夏茲伸出雙手。

「……好，不過我跟你一起去。」

其中一名士兵嚴肅地說，夏茲平靜看著自己的手被銬上束縛，不以為意。

「隨便你們。」

銬上手銬的他與士兵一同走入廚房，不久後，真的什麼事都沒發生地走了出來，然後繼續步往禮堂，夏茲看向鑲有金邊的紅色大門，露出神秘的笑容。

他深深吐出一口氣，將與黑色西裝為之相襯的黑髮往後一梳。

「開始吧。」

夏茲打開門，大步走進禮堂，新郎威風凜凜地走在紅地毯上，他的雙眼如狐狸般瞇成一條線，眼神散發自信。

喀噠，為了防止夏茲的脫逃，禮堂的大門被深鎖，門鎖的聲音如響鈴，宣告世紀騙局即將展開。

《歡迎來到奇異餐廳1 園藝師的禮物》完

國家圖書館出版品預行編目資料

歡迎來到奇異餐廳 . 1, 園藝師的禮物 / 金玟廷
作 ; 莫莉譯 . -- 一版 . -- 臺北市 : 臺灣角川股
份有限公司 , 2023.03
面 ;　公分

譯自 : 기괴한 레스토랑 1 정원사의 선물
ISBN 978-626-352-347-0 (平裝)

863.57　　112000281

歡迎來到奇異餐廳

1 園藝師的禮物

原著名　기괴한 레스토랑 1 정원사의 선물

作者　金玟廷
譯者　莫莉

2023 年 3 月 23 日 初版第 1 刷發行

發行人　岩崎剛人
總監　呂慧君
編輯　黎虹君
設計主編　許景舜
印務　李明修（主任）、張加恩（主任）、張凱棋

台灣角川

發行所　台灣角川股份有限公司
地址　104 台北市中山區松江路 223 號 3 樓
電話　(02) 2515-3000
傳 真　(02) 2515-0033
網址　http://www.kadokawa.com.tw
劃撥帳戶　台灣角川股份有限公司
劃撥帳號　19487412
法律顧問　有澤法律事務所
製版　尚騰印刷事業有限公司
ISBN　978-626-352-347-0